Alain Mabanckou est né au Congo-Brazzaville en 1966. Lauréat du prix des Cinq Continents de la Francophonie, du prix Ouest-France / Étonnants Voyageurs et du prix RFO du livre pour son roman *Verre Cassé* (Seuil, 2005), il s'est vu décerner le prix Renaudot pour son roman, *Mémoires de porc-épic* (Seuil, 2006). Il est également l'auteur de l'essai *Lettre à Jimmy*. L'ensemble de son œuvre a été couronné par l'Académie française (Grand Prix de littérature Henri-Gal 2012). Il enseigne la littérature francophone à l'université de Californie-Los Angeles (UCLA).

Alain Mabanckou

MÉMOIRES DE PORC-ÉPIC

ROMAN

Éditions du Seuil

TEXTE INTÉGRAL

ISBN 978-2-7578-6076-2
(ISBN 2-02-84746-9, 1re édition)

Je dédie ces pages à mon ami et protecteur
L'Escargot entêté, aux clients du bar
Le Crédit a voyagé,
et à ma mère Pauline Kengué
de qui je tiens cette histoire
(à quelques mensonges près)

comment je suis arrivé en catastrophe
jusqu'à ton pied

donc je ne suis qu'un animal, un animal de rien du tout, les hommes diraient une *bête sauvage* comme si on ne comptait pas de plus bêtes et de plus sauvages que nous dans leur espèce, pour eux je ne suis qu'un porc-épic, et puisqu'ils ne se fient qu'à ce qu'ils voient, ils déduiraient que je n'ai rien de particulier, que j'appartiens au rang des mammifères munis de longs piquants, ils ajouteraient que je suis incapable de courir aussi vite qu'un chien de chasse, que la paresse m'astreint à ne pas vivre loin de l'endroit où je me nourris

à vrai dire, je n'ai rien à envier aux hommes, je me moque de leur prétendue intelligence puisque j'ai moi-même été pendant longtemps le *double* de l'homme qu'on appelait Kibandi et qui est mort avant-hier, moi je me terrais la plupart du temps non loin du village, je ne rejoignais cet homme que tard dans la nuit lorsque je devais exécuter les missions précises qu'il me confiait, je suis conscient des représailles que j'aurais subies de sa part s'il m'avait entendu de son vivant me confesser comme maintenant, avec une liberté de ton qu'il aurait prise pour de l'ingratitude parce que, mine de rien, il aura cru sa vie entière que je lui devais quelque chose, que je n'étais qu'un pauvre figurant, qu'il pouvait décider de mon destin comme bon lui semblait, eh bien, sans vouloir tirer la couverture de mon côté, je peux aussi dire la même chose à son égard puisque sans moi il n'aurait été qu'un misérable légume, sa vie d'humain n'aurait même pas valu trois gouttelettes de pipi du vieux porc-épic qui nous gouvernait à l'époque où je faisais encore partie du monde animal j'ai quarante-deux ans à ce jour, je me sens encore très jeune, et si j'étais un porc-épic comme ceux qui traînent dans les champs de ce village je n'aurais pas eu une aussi longue vie car, pour nous autres porcs-épics de cette région, la gestation dure entre quatre-vingt-treize et quatre-vingt-quatorze jours, nous pouvons au mieux vivre jusqu'à vingt et un ans lorsque nous sommes en captivité, mais quel intérêt de passer sa vie en réclusion tel un esclave, quel intérêt d'imaginer la liberté derrière des fils barbelés, hein, je sais que certains animaux paresseux s'y complairaient, allant jusqu'à oublier que la douceur du miel ne consolera jamais de la piqûre d'abeille, moi je préfère les aléas de la vie en brousse aux cages dans lesquelles plusieurs de mes compères sont séquestrés pour terminer un jour ou l'autre en boulettes de viande dans les marmites des humains, c'est vrai que j'ai eu le privilège de battre le record de longévité de mon espèce, de compter le même nombre d'années que mon maître, je ne prétends pas qu'avoir été son double fut une sinécure, c'était un vrai travail, mes sens étaient sollicités, je lui obéissais sans broncher même si durant les dernières missions je commençais à prendre du recul, à me dire que nous creusions notre propre tombe, je devais pourtant lui obéir, j'assumais ma condition de double comme une tortue qui coltinait sa carapace, j'étais le troisième œil, la troisième narine, la troisième oreille de mon maître, ce qui signifie que ce qu'il ne voyait pas, ce qu'il ne sentait pas, ce qu'il n'écoutait pas, je le lui transmettais par songes, et lorsqu'il ne répondait pas à mes messages, j'apparaissais devant lui à l'heure où les hommes et les femmes de Séképembé allaient aux champs je n'ai pas assisté à la naissance de Kibandi comme ces doubles qui naissent le même jour que l'enfant qu'ils verront grandir, ceux-là sont des *doubles pacifiques*, ils ne s'exposent pas devant leur maître, n'interviennent que dans des cas précis, par exemple lorsque leur initié tombe malade ou lorsqu'il est victime d'une poisse, les doubles pacifiques mènent une vie monotone, je ne sais d'ailleurs pas comment ils supportent une telle existence, ils sont mous, lents, leur préoccupation première est la fuite dès qu'il y a du bruit, cette attitude idiote les pousse même à se méfier de leur propre silhouette, j'ai entendu dire que la plupart d'entre eux étaient sourds, aveugles, qu'on ne pouvait cependant pas surprendre leur vigilance à cause de leur flair infaillible, disons qu'ils protègent l'être humain, le guident, tracent les sillons de son existence, meurent comme nous le même jour que leur maître, la transmission d'un tel pouvoir est assurée par le grand-père dès la naissance de l'être humain, ce vieux s'empare du nourrisson après consultation de ses géniteurs, il disparaît avec lui derrière la case, il lui parle, crache sur lui, le lèche, l'agite, le chatouille, le balance en l'air, le rattrape pendant que l'esprit du double pacifique quitte le corps du vieil homme pour s'infiltrer dans celui du petit être, l'initié se consacrera à faire du bien, il se distinguera par sa générosité sans bornes, il donnera de l'argent aux paralytiques, aux aveugles, aux mendiants, il respectera ses semblables, étudiera les plantes dans le but de guérir les malades et veillera à transmettre ses dons aux générations futures dès l'apparition des premiers cheveux gris sur son crâne, c'est une vie plus qu'ennuyeuse pour ne pas dire monotone, je n'aurais rien eu à te raconter aujourd'hui si j'étais un de ces doubles pacifiques sans histoire, sans rien d'exceptionnel

j'appartiens plutôt au groupe des *doubles nuisibles*, nous sommes les plus agités des doubles, les plus redoutables, les moins répandus aussi, et comme tu peux le deviner la transmission d'un tel double est plus compliquée, plus restreinte, elle s'opère au cours de la dixième année du gamin, encore faut-il parvenir à lui faire avaler le breuvage initiatique appelé *mayamvumbi*, l'initié le boira régulièrement afin de ressentir l'état d'ivresse qui permet de se dédoubler, de libérer son *autre lui-même*, un clone boulimique sans cesse en train de courir, de cavaler, d'enjamber les rivières, de se terrer dans le feuillage quand il ne ronfle pas dans la case de l'initié, et moi je me retrouvais au milieu de ces deux êtres, non pas en spectateur puisque, sans moi, l'autre lui-même de mon maître aurait succombé faute d'assouvir sa gloutonnerie, je peux te confier que si les parents des enfants à qui l'on transmet un double pacifique sont au courant de l'initiation et l'encouragent, il n'en est pas de même lorsqu'il y a transmission d'un double nuisible, ici elle s'opère contre le gré du gamin, se déroule à l'insu de sa mère, de ses frères, de ses sœurs, les êtres humains dont nous devenons alors l'incarnation animale ne se laisseront plus habiter par les sentiments comme la pitié, la commisération, le remords, la miséricorde, ils jongleront avec la nuit et, une fois la transmission accomplie, le double nuisible devra quitter le monde animal afin de vivre non loin de l'initié, il remplira sans protester les missions que celui-ci lui confiera, depuis quand a-t-on vu d'ailleurs un double nuisible dédire l'homme de qui il tient son existence, hein, du jamais vu de mémoire de porc-épic, et il n'y a pas que les éléphants qui possèdent une mémoire fiable, c'est encore un des préjugés de l'espèce humaine bien avant que mon maître ne se risque à jouer avec le feu, je savourais le bonheur de quelques mois de repos, j'en profitais pour contempler la vie qui se déroulait autour de moi, l'air frais emplissait mes poumons, l'allégresse me poussait à la bougeotte et je courais, je courais toujours, je m'arrêtais au sommet d'une colline d'où je pouvais balayer d'un regard l'agitation de la faune, j'aimais observer les autres animaux, leur vie quotidienne, c'est dire que je renouais avec la brousse, je pouvais disparaître, ne plus donner de mes nouvelles à mon maître, je regardais le soleil se coucher, puis je fermais les yeux pour écouter les grillons avant d'être réveillé le lendemain matin par la stridulation des cigales, et durant ces périodes d'inactivité, de trêve, je grignotais beaucoup, plus je mangeais, plus j'avais faim, je ne me rappelle d'ailleurs plus le nombre de champs de tubercules que j'ai hantés au grand malheur des paysans de Séképembé qui accusaient à tort un monstre mi-homme mi-animal et dont l'estomac était aussi profond que le puits de leur ignorance, puis j'allais à la première heure guetter les canards sauvages qui barbotaient dans la rivière, leurs plumes bariolées réfléchissaient sur l'onde, j'étais amusé de les voir parader au-dessus des eaux sans se noyer, ils s'envolaient vers d'autres espaces dès que l'un d'entre eux sonnait la fin de la récréation ou qu'un chasseur s'aventurait dans les lieux, la dernière heure de la matinée ouvrait le défilé des zèbres, des biches, des sangliers, puis des lions qui circulaient en bande le long de cette rivière, les petits devant, les vieux rugissant pour un rien, ce monde animal ne se croisait pas, il y avait comme une répartition naturelle du temps, ce n'est que bien plus tard, alors que le soleil était déjà au zénith, qu'apparaissait l'armée des singes, j'assistais aux bagarres entre les mâles, sans doute pour une question d'autorité ou de femelle, je prenais cela pour un divertissement, leurs gestes me rappelaient ceux des humains, surtout lorsque ces anthropoïdes se distrayaient avec leurs crottes de nez, se grattaient les parties génitales, reniflaient par la suite leurs doigts avant d'exprimer aussitôt leur dégoût, et je me demandais si parmi eux certains n'étaient pas les doubles nuisibles d'êtres humains, je me ressaisissais, sachant qu'un double nuisible était obligé de s'éloigner de la vie en communauté

oui j'étais un porc-épic heureux en ce temps-là, et je dresse mes piquants lorsque je l'affirme, ce qui est une manière pour nous de jurer, autrement nous levons aussi la patte droite et l'agitons trois fois de suite, je sais que les humains ont l'habitude, eux, de mettre en jeu la tête de leurs défunts ou de convoquer leur Dieu qu'ils n'ont jamais vu et qu'ils adorent les yeux fermés, ils consacrent ainsi leur existence à lire Ses paroles rapportées dans un gros livre que les hommes à la peau blanche ont amené ici à l'époque lointaine où les habitants de ce pays couvraient leur sexe ridicule à l'aide de peaux de léopard ou de feuilles de bananier et ignoraient que derrière l'horizon habitaient d'autres peuples différents d'eux, que le monde s'étendait aussi au-delà des mers et des océans, que lorsque la nuit tombait ici, ailleurs c'était le jour, que lorsqu'il pleuvait ici, ailleurs il faisait soleil, et il se trouve que mon maître Kibandi possédait ce livre de Dieu dans lequel il y a plein d'histoires que les hommes sont forcés de croire au risque de ne pas mériter une place dans ce qu'ils appellent *le Paradis*, tu te doutes bien que j'ai mis mon nez dedans par curiosité puisque je pouvais lire couramment comme mon maître, il m'arrivait d'ailleurs de lire à sa place lorsqu'il était épuisé, j'ai donc parcouru ce livre de Dieu, des pages entières, très palpitantes et pathétiques, je te dis, j'ai souligné des passages à l'aide de mes piquants, j'ai entendu de mes propres petites oreilles plusieurs de ces histoires de la bouche des gens sérieux, des gens à la barbichette grise, des gens qui allaient les dimanches à l'église du village, ils racontaient ces histoires avec une telle précision et une telle foi qu'on aurait déduit qu'ils avaient eux-mêmes été les témoins oculaires des faits ainsi relatés, sache que l'épisode le plus conté par les bipèdes dotés du verbe est celui d'un type mystérieux, une espèce d'errant charismatique, le fils de Dieu, admettent-ils, il est venu au monde par un moyen très compliqué, sans même qu'on détaille dans ce livre comment son père et sa mère s'étaient accouplés, c'est ce type qui se baladait sur les eaux, c'est encore lui qui transformait de l'eau en vin, c'est encore lui qui multipliait les petits pains pour nourrir le peuple, c'est encore lui qui respectait les prostituées sur qui la population jetait la pierre, c'est encore lui qui redonnait des jambes aux paralytiques les plus désespérés, la vue aux aveugles, et il est venu sur terre pour sauver l'humanité entière, y compris nous autres les animaux parce que, tiens-toi bien, déjà à une époque lointaine, pour préserver au moins un spécimen de chaque espèce vivant sur cette terre, on ne nous avait pas oubliés, on nous avait aussi groupés dans cette cage baptisée *Arche de Noé* afin que nous survivions à une pluie torrentielle de quarante jours et de quarante nuits, *le Déluge* que ça s'appelait, mais voilà que bien des époques plus tard le fils unique que Dieu a envoyé ici-bas a été la cible des hommes incrédules, des mécréants qui l'ont flagellé, crucifié, laissé en plein soleil ardent, et le jour de son jugement par ceux-là mêmes qui l'accusaient d'avoir troublé l'ordre public à cause de ses miracles spectaculaires, quand il fut question de choisir entre lui et un autre accusé, un minable personnage sans foi ni loi qu'on dénommait Barabbas, on a préféré gracier ce bandit de grand chemin, et ils l'ont tué, ce pauvre fils de Dieu, mais tu parles, il est revenu du Royaume des morts comme quelqu'un qui se réveillait d'une petite sieste de rien du tout, et si je te parle de ce type mystérieux ce n'est pas pour m'éloigner de mes confessions, c'est que je suis persuadé qu'il n'était pas n'importe qui, ce fils de Dieu, il était un initié comme mon maître, il devait être cependant protégé par un double pacifique, il n'avait jamais nui à personne, ce sont les autres qui lui cherchaient des poux dans la tonsure, disons que si Kibandi ne lisait plus ces histoires, s'il préférait plutôt l'univers des livres ésotériques, c'est parce qu'il estimait que le livre de Dieu blâmait ses propres croyances, critiquait ses pratiques, l'éloignait des enseignements de ses ancêtres, donc il ne croyait pas du tout en Dieu dans la mesure où Celui-ci remettait chaque fois à demain l'exaucement des prières alors que mon maître désirait des résultats concrets et immédiats, il s'en foutait des promesses d'un paradis, c'est pour cela qu'il lançait parfois, dans le but de couper court aux discussions des croyants les plus déterminés de ce village, *« si tu veux que Dieu se marre, raconte-lui tes projets »*, et puis les hommes ont beau jurer sur la tête de leurs défunts ou au nom de leur Tout-Puissant, et c'est ce qu'ils font depuis la nuit des temps, ils finissent un jour ou l'autre par trahir leur parole parce qu'ils savent que la parole c'est rien du tout, elle n'engage que ceux qui y croient dès que je me retirais dans la forêt après une mission, je prenais le temps de méditer dans un terrier, parfois au sommet d'un arbre ou dans son creux, voire le long de la rivière, loin de la parade des canards et du défilé des autres animaux, je faisais le point sur nos activités avec mon maître, celui-ci dormait d'un profond sommeil, il reprenait des forces après une nuit épuisante, ma méditation pouvait se prolonger jusqu'au lendemain soir, cela ne m'épuisait pas, j'étais plutôt heureux de manier les choses abstraites et, à cette époque déjà, j'avais vite appris à discerner les choses, à chercher la solution la plus adaptée à un obstacle, les hommes ont tort de se vanter là-dessus, je suis convaincu qu'ils ne naissent pas avec leur intelligence, ils bénéficient certes d'une aptitude pour cela, l'intelligence est une graine qu'il faut arroser afin de la voir s'épanouir un jour, devenir un arbre fruitier bien enraciné, certains demeureront d'ailleurs aussi ignares et aussi incultes qu'un troupeau de moutons qui se jette dans un ravin parce que l'un d'entre eux s'y est engagé, d'autres resteront idiots tel ce crétin d'astrologue qui se laisse tomber dans un puits ou même ce malheureux corbeau imitant l'aigle qui enlève un mouton, d'autres encore persisteront dans leur imbécillité à l'instar d'un margouillat qui s'excite, hoche la tête à longueur de journée, ces humains vivront dans les ténèbres, leur seule consolation sera d'être des hommes, le vieux porc-épic qui nous gouvernait aurait lancé à leur égard *« ce sont tous des crétins, être des hommes est leur dernier argument, or ce n'est pas parce que la mouche vole que cela fera d'elle un oiseau »*, c'est te dire que dans mes cogitations je cherchais à comprendre ce qu'il y avait derrière chaque idée, chaque concept, je sais à présent que la pensée est quelque chose d'essentiel, c'est elle qui inspire aux hommes le chagrin, la pitié, les remords, voire la méchanceté ou la bonté, et si mon maître balayait ces sentiments d'un revers de main, moi je les éprouvais après chaque mission que j'accomplissais, j'ai senti à plusieurs reprises des larmes couler de mes yeux parce que, nom d'un porc-épic, lorsqu'on est saisi de chagrin ou de compassion on ressent une boule au niveau du cœur, les pensées deviennent sombres, on regrette ses actes, sa mauvaise conduite, mais comme je n'étais qu'un exécutant, je consacrais mon existence à mon rôle de double, j'arrivais à surmonter mes idées noires puis me consolais en me murmurant qu'il y avait des actes plus malhonnêtes sur cette terre, je respirais alors un bon coup, je rongeais quelques racines de manioc ou des noix de palme, j'essayais de fermer l'œil, de me dire que demain serait un autre jour, très vite une nouvelle mission m'était confiée, je devais me préparer, quitter ma cache, venir près de la case ou de l'atelier de mon maître, écouter ses consignes, bien sûr que je pouvais me rebeller, bien sûr que je songeais à me dérober à l'emprise de mon maître, j'y pensais de temps à autre, la tentation était grande, au moins aurais-je pu éviter certains actes, j'étais comme paralysé et je ne faisais rien, je n'ai même pu rien faire avant-hier où je n'avais pour seule solution que celle de la lâcheté, celle de la fuite à la manière d'un double pacifique tandis que mon maître poussait l'ultime soupir qui allait le conduire dans l'autre monde, et j'assistais, impuissant, à son agonie, à cette scène qui est restée gravée dans ma mémoire, excuse mon émotion, ma voix qui tremble, je dois prendre un moment de respiration à bien voir je ne devrais plus être de ce monde, j'aurais dû mourir avant-hier avec Kibandi, c'était la panique, la surprise, nous avions été pris de cours, rien n'avait été prévu pour contrer les événements dans de telles circonstances, j'étais devenu un minable porc-épic qui détalait, en fait je n'avais pas tout de suite cru à ma propre survie, et puisqu'un double meurt le même jour que son maître, je me disais que je n'étais qu'un fantôme, et quand j'ai vu Kibandi hoqueter, puis rendre l'âme, j'ai été aussitôt saisi d'affolement parce que, comme aurait dit notre vieux gouverneur en son temps, *« quand on coupe les oreilles, le cou devrait s'inquiéter »*, et moi je ne savais plus que faire, où aller, je tournais en rond, l'espace semblait se réduire autour de moi, je redoutais que le ciel ne me tombe dessus, j'avais la respiration coupée, tout m'effrayait, je me suis dit qu'il fallait que j'aie sur-le-champ la preuve de mon existence, or comment être persuadé qu'on existe, qu'on n'est pas une coquille vide, une silhouette dénuée d'âme, hein, j'avais pour cela quelques trucs efficaces que je tenais des hommes de cette contrée, il me suffisait de me demander ce qui différenciait un être vivant d'un fantôme, je me suis d'abord dit que si je pensais, c'est que j'existais, or j'ai toujours soutenu que les hommes n'avaient pas le monopole de la pensée, d'ailleurs les habitants de Séképembé affirment que les fantômes aussi réfléchissent puisqu'ils reviennent épouvanter les vivants, retrouvent sans difficulté les sentes qui mènent au village, déambulent dans les marchés, vont jeter un œil dans leur ancien domicile, vont annoncer leur mort dans les villages environnants, s'attablent dans une buvette, commandent du vin de palme, boivent comme des éponges, tiennent à payer les dettes qu'ils ont contractées de leur vivant, et pourtant ils n'existent pas à l'œil nu, voilà que je n'étais plus sûr de rien, il me fallait une autre preuve, j'ai donc essayé un truc vieux comme le monde, j'ai attendu l'apparition du soleil le samedi, c'est-à-dire hier, je suis sorti de ma cache, j'ai regardé à gauche, j'ai regardé à droite, je me suis assis au milieu d'un terrain vague, j'ai remué mes pattes de devant, je les ai croisées, je les ai décroisées, et alors, nom d'un porc-épic, je n'y croyais pas, j'ai constaté avec satisfaction que ma silhouette bougeait, suivait le rythme de mes membres, j'étais en vie, il n'y avait plus de doute à ce sujet, et j'aurais pu en rester là, je te jure, eh bien, non, je n'étais pas rassuré, je ne voulais pas commettre de bêtises, je me suis obstiné à rechercher une autre preuve de vie, celle que je prenais pour la plus efficace, je suis allé me mirer dans la rivière, là encore j'ai remué mes pattes antérieures, je les ai croisées, je les ai décroisées, j'ai vu ma silhouette opérer les mêmes mouvements, je n'étais donc pas un fantôme parce que d'après ce que je sais jusqu'à présent, et toujours par le biais des humains de Séképembé, les fantômes n'ont pas de silhouette, ils perdent la représentation physique, deviennent des choses immatérielles, je n'étais pas pour autant certain de mon existence malgré ces preuves irréfutables qui auraient suffi à n'importe quel villageois, il me fallait une autre expérience, une dernière, cette fois-ci plus physique, et comme j'errais maintenant le long de la rivière je me suis d'abord vautré dans la poussière puis, prenant de l'élan, je me suis jeté dans l'eau, j'ai ressenti la fraîcheur de la source, je me suis dit, désormais très certain, que j'étais encore en vie, le pire c'est que je me serais noyé si je n'étais pas vite ressorti de la rivière, et c'est juste après que j'ai fait un tour du côté de la case de mon maître, question de voir un peu comment les choses se déroulaient là-bas, j'étais caché derrière l'atelier, j'ai aperçu avec stupéfaction le corps de Kibandi sous un hangar de feuilles de palmier, il était bien parti dans l'autre monde, mais ce qui m'épouvantait le plus c'était que, de loin, j'avais l'impression que son cadavre portait une tête d'animal, disons une tête qui ressemblait à la mienne, une tête cependant dix fois plus grosse que la mienne, ou peut-être que c'était l'appréhension de ma propre disparition qui me projetait ces illusions, la mort était bien là, elle était devant moi, elle battait au rythme de mon cœur, elle pouvait s'emparer de moi dans les minutes ou les heures qui suivaient, plusieurs questions me sont venues à l'esprit, par exemple *« et si un chasseur me prenait pour son gibier, hein »*, ou encore *« et si une inondation m'emportait vers le turbulent fleuve Niari, hein »*, ces interrogations m'empêchaient de demeurer serein, j'étais nerveux, angoissé, le moindre bruit me poussait au repli, la couardise des doubles pacifiques me gagnait, c'est ainsi que je suis allé me planquer dans un antre, c'était la première fois que je mettais mes pattes dedans, mes craintes n'étaient pas infondées puisque j'ai aussitôt été inquiété par les sifflements d'un reptile, je n'ai pas eu le temps d'identifier son espèce, je suis sorti de là en roulant sur moi-même, la peur dans les boyaux, je me disais qu'un reptile qui sifflait comme celui-là ne pouvait que couver un poison mortel, je ne voulais pas mourir de cette mort-là, d'un venin, d'un poison mortel, je suis sorti dare-dare de l'antre, il fallait traverser la grand-route vers les dernières cases du village, là encore un danger m'attendait, des camions de transport empruntent en effet cette artère une fois par semaine, je ne me souvenais plus quel jour ces bolides sans freins passaient par la région, j'ai choisi de ne pas couper la route, on ne sait jamais, et j'ai erré dans le voisinage, l'image du cadavre de mon maître avec ma tête s'imposait, je perdais plusieurs piquants en chemin, et puis j'ai eu honte de moi, le côté humain prenant de plus en plus le dessus sur ma nature animale, je me suis traité de minable, de lâche, de pauvre égoïste, je me suis dit que je ne pouvais pas me dérober ainsi, pourtant je ne voyais plus ce qu'il y avait à faire au stade où en étaient les choses, j'allais tout au plus susciter la curiosité des chiens batékés et le village entier allait me pourchasser afin de m'abattre, je n'ai pas résisté à la petite voix qui me parlait, elle me grondait, me demandait d'accomplir un geste digne de moi, un geste qui plairait au défunt Kibandi, je suis alors revenu vers la case de mon maître un peu plus tard, avec le danger d'être localisé par les chiens batékés, heureusement que ces vigiles à queue n'étaient pas à leur poste, j'ai eu le temps d'apercevoir ce qui se passait dans la cour de mon maître, on s'apprêtait en fait à l'emmener au cimetière, Kibandi n'aura pas eu droit aux funérailles qui durent au moins cinq à six jours dans le village, on allait l'enterrer moins de vingt-quatre heures après sa mort, j'ai aperçu un petit groupe d'hommes transporter le corps vers le cimetière, j'ai reconnu la famille Moundjoula qui avait été à l'origine de la mort de mon maître, il y avait leurs deux enfants, les jumeaux Koty et Koté, c'était plus une formalité qu'un véritable enterrement, je te jure, personne ne pleurait, nom d'un porc-épic, c'était à peine si les villageois ne murmuraient pas *« tout se paye ici-bas, finalement ce malfaiteur de Kibandi est mort, qu'il aille en enfer »*, et à voir comment on traînait le cercueil cela m'a plus que fendu le cœur, je suis certain que si on lui a rendu un simulacre de dernier hommage, c'est parce que, qu'on le veuille ou non, chez les hommes, on enterre un mort malgré sa méchanceté, c'est alors que le féticheur a entonné une oraison funèbre bien malgré lui, deux gaillards se sont chargés de vite recouvrir la fosse, le cortège est reparti en silence tandis que je ne quittais pas des yeux la croix fabriquée à l'aide des branches mortes d'un manguier, cette croix un peu penchée vers la gauche, elle surmontait le monticule de terre qui servait maintenant de tombe à mon défunt maître, j'ai distingué une vieille lampe-tempête que les villageois avait laissée près du sépulcre pour que le défunt puisse voir son chemin dans les ténèbres aveuglantes de la mort, et surtout pour qu'il ne revienne plus au village parmi les habitants en s'infiltrant dans le ventre d'une femme enceinte, les villageois sont par ailleurs persuadés que les morts qui n'ont pas de lampe-tempête près de leur tombe risquent de marcher sur les autres défunts à qui ils doivent du respect parce qu'ils les ont précédés, j'ai trouvé cet acte très gentil de la part des gens qui étaient conscients que Kibandi ne leur avait causé que des malheurs, j'ai vu le groupe regagner le village en file indienne, j'ai entendu leurs chuchotements, leurs supputations quant aux causes de la mort de mon maître, je me suis bouché les oreilles parce qu'ils racontaient des choses à peine croyables, en fait je voulais bien me rapprocher de la dernière demeure de Kibandi, humer la terre sous laquelle il reposait, je ne l'ai pas fait, je me suis aussitôt éloigné en sanglots, je m'en voulais d'avoir plutôt choisi la fuite comme un lâche, je me suis retourné pour regarder une dernière fois sa tombe, j'ai enfin quitté les lieux sans toujours savoir où aller, la nuit tombait sur le village, les ombres se dressaient devant moi, je ne voyais plus rien, j'ai trouvé au hasard un endroit pour passer la nuit, j'étais confiné entre deux grosses pierres, j'avais dû gratter la terre pendant un bon bout de temps pour me faire de la place, je savais que ce lieu était un gîte provisoire, que je ne devais pas m'éterniser là parce que certains villageois aiguisent leurs houes à cet endroit avant d'aller aux champs, et, durant la nuit, j'ai résisté au sommeil parce que je me suis dit que la mort et les ténèbres sont des amies de longue date, et lorsque je suis parvenu à m'assoupir un peu, oubliant ma condition de condamné à mort et l'image de ce cadavre avec ma tête greffée dessus, j'ai rêvé que j'étais en train de chuter dans une fosse béante, j'ai rêvé aussi que je me retrouvais au milieu des flammes qui ravageaient la brousse entière, semaient la panique même chez nos éternels ennemis que sont les lions, les léopards, les hyènes tachetées, les chacals, les guépards, les tigres ou les panthères, je me suis réveillé en sursaut, j'étais étonné d'entendre bruire mes piquants, j'étais surpris de distinguer les choses, *« je vis encore, je vis encore, je ne suis pas mort, nom d'un porc-épic* », me suis-je dit, il fallait à tout prix que je décampe de ces lieux, et c'est ce que j'ai aussitôt fait il y a quelques heures à peine, je veux dire aux premières lueurs de l'aube de ce dimanche où je te parle, j'ai secoué la poussière qui recouvrait mon ventre et mon derrière, je n'avais pas perçu tout de suite pourquoi aucun villageois n'était passé près de ces deux grosses pierres où je m'étais retiré toute la nuit, j'ai compris par la suite que ce jour est un jour de repos, autrement j'aurais vu les chasseurs, les tireurs de vin de palme et autres paysans qui vont aux champs dès l'apparition de l'aurore, et donc, avant de quitter les deux pierres, je me suis étiré, j'ai bâillé, j'ai suivi mon instinct, je progressais de guingois, je ne sais pas comment j'ai débouché devant cette rivière pour une fois désertée par les canards sauvages et les autres animaux, je voulais la franchir à un endroit où l'eau était moins profonde, j'ai préféré l'éviter de peur de me noyer, et c'est en cherchant à la contourner que je suis parvenu jusqu'à toi, voilà pourquoi depuis ce matin, mon cher Baobab, je suis assis à ton pied, je te parle, je te parle encore même si je suis certain que tu ne me répondras pas, or la parole, me semble-t-il, délivre de la peur de la mort, et si elle pouvait aussi m'aider à la repousser, à lui échapper, je serais alors le porc-épic le plus heureux du monde

en réalité, et j'ai honte de te l'avouer, je ne veux pas disparaître, je ne suis pas sûr qu'il y a une autre vie après la mort, et s'il en existe une autre je ne veux rien savoir, je ne veux pas rêver d'une vie meilleure, le vieux porc-épic qui nous gouvernait avait raison lorsqu'il nous lâchait une de ses pensées dont il appréciait aussitôt l'effet causé dans le groupe *« à force d'espérer une condition meilleure, le crapaud s'est retrouvé sans queue pour l'éternité »*, disons que le crapaud ne s'est pas seulement retrouvé sans queue, on l'a en outre affecté d'une telle laideur que même le prendre en pitié serait une offense, et donc, mon cher Baobab, quand les hommes parlent de l'autre vie ils se font des illusions, les pauvres, et cette autre vie ils la voient sous un ciel bleu, avec des anges partout, ils n'en disent que du bien, ils se voient dans un jardin, dans une brousse paisible où le lion n'aura plus de crocs, plus de griffes et poussera des rires à la place du rugissement, la mort n'existera plus, la jalousie, la haine, la convoitise disparaîtront, les êtres humains seront égaux, moi je veux bien croire à ces choses, qu'est-ce qui me certifie toutefois que je pourrai au moins demeurer un porc-épic, hein, peut-être me réincarnerai-je en ver de terre, en coccinelle, en scorpion, en méduse, en chenille des palmiers, en limace ou je ne sais quelle autre bête exécrable et indigne de mon rang actuel que me jalouserait n'importe quel animal, tu vas peut-être m'objecter que je ne suis qu'un hâbleur, un bonimenteur, un débile à piquants, or je ne critique pas les autres espèces animales pour le plaisir de l'exagération, la modestie est parfois un handicap qui vous empêche d'exister, c'est pour cela que je mets en valeur mes propres qualités depuis que j'ai compris que pour s'accepter comme on est il vaut mieux minimiser le répertoire de ses défauts, je préfère par exemple mes jolis piquants à la gale chronique des chiens de ce village, je ne parle même pas de certains animaux à plaindre dans ce monde où il y aura toujours un plus déshérité que soi, la liste est longue, il me serait plus facile de calculer mes dizaines de milliers de piquants que de recenser les animaux qui en veulent au créateur de ce monde, je pense à la pauvre tortue et sa carapace rugueuse, à l'éléphant et sa trompe encombrante, au malheureux buffle et ses cornes ridicules, au crasseux cochon et son groin qu'il fourre dans la vase, au serpent dépourvu de pattes et qui se déplace par reptation, au chimpanzé mâle et ses testicules qui pendouillent comme des gourdes pleines de vin de palme, je ne nomme même pas le canard et ses pattes palmées qui lui imposent une mollesse de gastéropode, on compte ainsi une multitude de créatures à plaindre ici-bas, notre espèce à nous n'a rien à envier aux autres, et pour peu que les humains soient de bonne foi ils me donneraient raison parce que, nom d'un porc-épic, là je m'excuse de hausser le ton, ah non, je ne me contentais pas de ronger les écorces à quelques mètres du lieu où je dormais ou encore de me cacher dans les terriers comme un oisif, je ne me satisfaisais pas de manger les os d'animaux trépassés ou des fruits tombés d'un arbre, et, une fois ma mission achevée, que je te dise, je retournais dans la forêt, je me recroquevillais dans ma solitude, une solitude qui ne m'avait jamais pesé jusqu'à vendredi dernier, je réfléchissais au sens à donner à mes rapports avec mon maître, je ne te laisserai pas imaginer qu'à ces moments-là je n'étais qu'un être accablé, éprouvé, pris au piège de son étrange destin, ah non, je veux donc vivre ici et maintenant, vivre aussi longtemps que toi, et puis, entre nous, je ne vais pas mettre fin à mes jours sous prétexte que je n'aurais plus droit à la vie, tu me comprends, hein, j'essaie de voir les choses du bon côté, j'aimerais rigoler de temps en temps, montrer que le rire n'a pas toujours été le propre de l'homme, nom d'un porc-épic

je ne sais pas si tu l'as remarqué ce matin quand j'ai commencé à te parler, je n'ai pas voulu attirer ton attention sur ce fait insolite, j'ai aperçu un lézard d'un certain âge s'avancer vers moi, il s'est arrêté à quelques mètres, il a regardé derrière lui, il a sorti sa langue, a remué sa queue, et j'ai vu ses yeux écarquillés par la stupéfaction, il semblait figé en statue de sel, il était si terrifié par mon attitude de bavard sans interlocuteur qu'il a pris la tangente, il a disparu à ses risques et périls dans un trou à rats, j'ai ri comme un bossu car cela faisait longtemps que je n'avais plus ri de la sorte, j'ai aussitôt contenu cet état parce qu'il y a des gens qui sont morts de rire dans ce village, et quand je repense à ce pauvre lézard je me dis que c'était peut-être la première fois qu'il surprenait un animal se comporter comme un être humain, parler dans un langage cohérent, remuer la tête en signe d'approbation, pointer une de ses deux pattes antérieures vers le ciel afin de jurer, j'ai eu pitié de ce reptile même si notre gouverneur avait souvent prétendu que j'éprouvais une peur bleue des lézards quand j'étais tout petit, celui de ce matin a dû se dire qu'il rêvait, et moi j'ai continué à te parler comme si de rien n'était

mon choix de me cacher à ton pied n'est pas le fait d'un hasard, je n'ai pas hésité un seul instant dès que je t'ai aperçu en longeant la rivière, je me suis dit que c'est là que je m'abriterai, je veux en fait tirer profit de ton expérience d'ancêtre, il n'y a qu'à voir les rides qui s'entremêlent autour de ton tronc pour comprendre comment tu as su jongler avec l'alternance des saisons, même tes racines se prolongent loin, très loin dans le ventre de la terre, et, de temps à autre, tu remues tes branches pour imposer une direction au vent, rappeler à la nature que seul le silence permet de vivre aussi longtemps, et moi, nom d'un porc-épic, je suis là à bavarder, à m'épouvanter lorsqu'une feuille morte s'échappe de ton faîte, il faut néanmoins que je respire un peu avant de poursuivre, j'ai le souffle coupé, les idées se bousculent de plus en plus, je crois que je parle trop vite depuis ce matin, j'ai envie de boire un peu d'eau, je me contenterai de laper la rosée sur l'herbe qui m'entoure, je ne vais pas prendre le risque de m'éloigner de ton pied, ça non, crois-moi *comment j'ai quitté le monde animal*

qu'elle est bien loin, cette époque où je devais me séparer de mon milieu naturel afin de me rapprocher de celui qui n'était encore qu'un gamin et que j'appelais avec affection « le petit Kibandi », des années ont passé, les souvenirs sont précis comme si c'était hier, Kibandi et ses parents vivaient alors au nord du pays, très loin d'ici, à Mossaka, une région d'eau, d'arbres géants, de crocodiles et de tortues grosses comme des montagnes, l'heure était venue pour moi de quitter l'univers des animaux, d'entamer mon existence de double, je devais me révéler à mon jeune maître, et le petit Kibandi m'avait *ressenti* dès les premiers jours où j'avais commencé à me manifester avec plus d'insistance, à l'aider à voir plus clair dans sa vie, je ne sais pas ce qui se serait passé si notre fusion n'avait pas eu lieu au plus vite, j'étais arrivé juste au bon moment, il avait dix ans, l'âge requis pour recevoir un double nuisible, et lorsque je parvins aux portes de ce village du Nord, je vis le rejeton derrière son père, on aurait cru une silhouette, j'éprouvai de la pitié pour cet enfant qu'on venait d'initier, cet enfant qui ne parvenait plus à apaiser l'ivresse causée par l'absorption du *mayamvumbi*, son père venait de lui faire franchir un grand mur, un nouveau monde s'ouvrait à lui, il était devenu une autre créature, l'être fragile que les villageois de Mossaka apercevaient derrière Papa Kibandi n'était plus qu'un pantin, une espèce d'enveloppe creuse dont la contenance s'était évaporée et attendait quelque part son heure pour rencontrer son double, ne plus former avec lui qu'une seule et même entité, le petit Kibandi ne dormait plus, il devait lutter contre les effets de ce liquide rituel, et, pendant ce temps, de mon côté, je m'agitais de plus en plus dans la forêt, la brousse devenait envahissante, un lieu que je ne supportais plus, je cherchais comment m'y soustraire afin d'aller vivre près du village de mon jeune maître, j'ignorais alors que j'allais subir les foudres du vieux porc-épic qui nous gouvernait, lui qui traitait les humains de tous les noms à longueur de journée cette période fut la plus tumultueuse de mon existence puisque je devais faire la part des choses entre ce gamin et notre petite famille de porcs-épics, j'essuyais les colères de notre patriarche, il devenait de plus en plus intransigeant, comme s'il avait subodoré les bouleversements qui s'opéraient dans ma vie, comme s'il avait pressenti ce qui allait m'arriver, il multipliait désormais les rassemblements, nous prenait de haut, haussait le ton, s'exprimait avec des gestes affectés, se caressait la barbichette à l'aide de ses griffes pour enfin croiser ses pattes antérieures, la gueule orientée vers le ciel à l'instar d'un être humain qui invoquait Nzambi Ya Mpungu, nous n'avions rien à dire puisqu'il avait le dernier mot, il nous assurait par exemple que telle rivière passait jadis de l'autre côté, et lorsqu'on lui demandait combien de temps ce cours d'eau avait pris pour opérer ce changement spectaculaire le vieillard brassait ses piquants usés, feignait de réfléchir les yeux fermés, nous montrait le ciel, moi j'en riais aux éclats, cela l'agaçait au point qu'il nous menaçait, proférait son ultimatum que nous connaissions par cœur, *« si c'est comme ça, je ne vous dirai plus rien au sujet des hommes et de leurs habitudes, vous n'êtes que des ignares »*, et puisque nous riions toujours il ajoutait, énigmatique, *« quand le sage montre la lune, l'imbécile regarde toujours le doigt»*, mais comme je ne freinais plus mes envies d'aller voir ce qui se passait du côté des cousins germains du singe notre vieux porc-épic s'emportait, demandait aux autres compères de ne pas me quitter d'une patte, savait-il que je devais entrer en scène depuis que le gamin Kibandi venait de boire le liquide initiatique, hein, il ne le savait pas, mon cher Baobab, je m'éclipsais en douce, parfois avec la complicité de deux ou trois compères à qui je promettais de raconter les vraies mœurs des humains puisque notre vieux porc-épic prêchait plutôt l'exagération et en appelait presque à la guerre de l'espèce animale contre l'espèce humaine, mes disparitions de la brousse duraient des jours et des nuits, je ne me sentais mieux que dans les environs du village de mon futur maître, le gouverneur était hors de lui lorsque je revenais dans notre territoire, il me traitait de tous les noms d'oiseaux, et, pour ternir encore plus mon image, il répétait à mes compères que les humains avaient fini par me faire perdre la raison, que j'allais droit vers la gueule du renard, que je risquais d'oublier nos habitudes, que j'allais m'éloigner de ce qui faisait de nous les animaux les plus nobles de la brousse, et notre vieillard de philosophe jura qu'un jour je serais pris dans les pièges que tendaient les hommes dans la brousse, pire, je pourrais même succomber aux pièges ridicules des gamins de Mossaka qui apprenaient à capturer les oiseaux grâce à la cuvette en aluminium de leur mère, les autres porcs-épics se pliaient en deux de rire parce que, pour eux aussi, mieux valait tomber dans un piège tendu par un vrai chasseur que dans celui d'un être humain qui tétait encore sa mère, et, ces pièges de gamins, nous les voyions partout aux portes de ce village du Nord, mais il faut bien dire, mon cher Baobab, qu'il n'y avait que les oiseaux de Mossaka pour se laisser capturer de la sorte, je pense surtout aux moineaux qui sont les oiseaux les plus sots de ce pays, je ne veux pas généraliser leur idiotie aux autres espèces de vertébrés couverts de plumes, dotés d'un bec et dont les membres antérieurs servent au vol, ah non, je suis sûr qu'il y a des espèces intelligentes parmi les oiseaux, or les moineaux de Mossaka avaient un quotient intellectuel si bas qu'il m'inspirait de la pitié, tous les moineaux du monde doivent être pareils, je comprends qu'ils soient coupés des réalités de ce qui se passe sur terre à force de voler ici ou là, les pièges des gamins du Nord leur étaient destinés, ces petits humains disposaient au milieu d'un vaste terrain des cuvettes retenues à l'aide d'un morceau de bois autour duquel ils attachaient un long fil à peine visible, ils se cachaient alors dans un bosquet, à une centaine de mètres, et les malheureux, attirés par les graines répandues autour de la cuvette, se bousculaient, piaillaient sur les cimes des arbres avant de décider à l'unanimité d'atterrir sans prendre le soin de désigner quelques vigiles qui les alerteraient en cas de pépin, puis les gamins tiraient leur fil de piège à cons pendant que les moineaux se retrouvaient prisonniers sous le récipient, mais ce qui était étrange, mon cher Baobab, c'est qu'aucun d'eux ne flairait ce danger qui aurait sauté aux yeux de n'importe quel animal même dépourvu de jugeote, ces volatiles ne pouvaient pas se dire que c'était curieux de trouver un récipient au milieu d'un terrain vague, que c'était louche qu'il y ait des graines par terre et que d'autres bêtes à bec les boudent, je n'étais jamais tombé dans ces lacs, sinon je ne serais pas là à te parler de tout ça, et alors, mes compères, endoctrinés par notre gouverneur, s'imaginaient déjà que je me ferais prendre dans ces pièges, *« le tambour est fait de la peau du faon qui s'est éloigné de sa mère »*, prophétisait notre australopithèque, persuadé que je ne saisissais pas le sens de ces paroles, et ses propos suscitaient un grand vacarme dans le groupe, plusieurs compères les répétaient à tout bout de champ, ils imitaient les gestes du patriarche, ils avaient d'ailleurs commencé à me charrier en m'appelant « le faon » jusqu'au jour où, agacé par ces blagues qui ne me faisaient plus du tout rire, je leur avais expliqué que le faon était le petit d'une bête fauve, d'un cerf, d'un daim ou d'un chevreuil, or moi j'étais un porc-épic, un porc-épic fier de l'être puisque l'animal qui devient le double nuisible d'un être humain doit quitter son milieu naturel, sa famille, c'est donc là-bas à Mossaka que ma scission avec les membres de notre groupe fut consommée, nous avions pourtant la chance de vivre en communauté quand on sait que le porc-épic a la réputation d'être un animal solitaire, et notre vieux gouverneur tenait conseil chaque soir, il proférait ses généralités, je voyais bien qu'il parlait de moi à mots couverts lorsqu'il affirmait que nul n'était irremplaçable dans la forêt, que les porcs-épics prétentieux, il en avait connu, qu'il savait comment les remettre à leur place, et comme je ne bronchais pas il devenait plus précis, maugréait des propos du genre *« le poisson qui parade dans l'affluent ignore qu'il finira tôt ou tard comme poisson salé vendu au marché »*, il n'hésitait plus à rappeler que j'étais un orphelin, que sans lui je n'aurais pas été un porc-épic en vie, il racontait que mes procréateurs étaient aussi têtus que moi, qu'ils avaient quitté cette terre quelque temps après ma venue au monde, j'étais âgé d'à peine trois semaines, et notre gouverneur se vantait de m'avoir recueilli, lui et sa défunte femelle, il détaillait comment je déféquais tout au long de la journée, comment je n'étais qu'un paresseux, comment les petits des lézards m'épouvantaient, et les autres ricanaient encore plus, c'est aussi par lui que j'avais appris les mœurs de mes géniteurs, il paraît qu'ils aimaient fréquenter l'espèce humaine, ils s'éclipsaient la nuit, erraient du côté des humains de Mossaka, ne revenaient que le lendemain à l'aube, ils crevaient de sommeil, les yeux rougis, les griffes embourbées, ils passaient la journée entière à dormir comme des loirs, le gouverneur n'avait aucune explication à cela, j'avais commencé à reconstituer par petits bouts ce qu'avait été leur existence, je n'avais plus de doutes à leur sujet, ils étaient des doubles nuisibles, j'en vins à cette conclusion le jour où je sentis en moi l'appel du jeune Kibandi, j'acceptai l'idée que je descendais d'une lignée de porcs-épics dont le destin était de servir les humains, pas pour le meilleur, mais pour le pire, et j'en voulais à notre gouverneur chaque fois qu'il parlait de la mort de mes géniteurs, il prétendait qu'il avait essayé de les espionner une nuit afin de voir où ils se rendaient avec un tel empressement, mais ils l'avaient semé entre deux bosquets car le vieux avait déjà des problèmes de vue à l'époque, une semaine passa sans qu'ils ne donnent de leurs nouvelles, puis il y eut ce jour sombre, le huitième jour de leur disparition, ce jour de malheur où un hibou à la patte broyée par les pièges des hommes survola notre territoire, vint, semble-t-il, annoncer au gouverneur la mauvaise nouvelle qui était sur la gueule de la plupart des animaux de notre contrée, il lui apprit qu'un chasseur avait abattu mes géniteurs non loin de Mossaka, toute la bande dut déménager à la hâte et trouver un territoire à plusieurs kilomètres de là

toujours est-il que je ne tenais pas compte du destin de mes procréateurs puisque je ne les avais pas connus, je laissais le vieux gouverneur raconter ses craques aux autres, je me fiais à mon instinct, je disparaissais de plus en plus souvent de la brousse, je n'espaçais d'ailleurs plus mes escapades, et pour la première fois je m'étais éclipsé pendant quatre jours et quatre nuits de suite, je ne faisais que foncer droit devant moi, plus rien ne pouvait m'arrêter, c'était plus fort que moi, et les compères, affolés, me recherchèrent partout, fouillèrent les bosquets des lieux où nous avions coutume de nous abreuver tandis qu'un de nous surveillait s'il n'y avait pas de chasseurs embusqués dans les environs, je n'y étais pas, et, en désespoir de cause, ils se renseignèrent auprès d'autres animaux de notre gent, ceux-ci ne voyaient pas de quel porc-épic on leur parlait lorsqu'on leur donnait ma description, certains disaient que j'avançais en fouinant chaque centimètre carré, d'autres ajoutaient que je me cachais d'habitude derrière les arbres comme si je redoutais en permanence un danger, et ce jour-là le gouverneur précisa que j'avais une démarche de porc-épic dont la patte avait été brisée par un piège de petit homme qui tétait encore sa mère, il prétendit que je claudiquais, que je boitillais, plusieurs de mes compères crièrent haro sur lui devant ce mensonge gros comme un antre, ils continuèrent leurs recherches parce qu'ils m'appréciaient, et comme j'aimais me terrer dans les creux des troncs d'arbres, en particulier des arbres comme toi, ils scrutèrent d'abord les cavités des baobabs, puis des palmiers alentour, ils dérangèrent au passage l'intimité des écureuils qui ne manquèrent pas de les assommer à jets de noix de palme avant de leur proférer des injures dans leur langue, et moi, pendant ce temps, je me trouvais dans les parages de Mossaka afin de m'imprégner de l'enfant dont j'allais être le double, j'avais une vague idée le concernant parce que je le voyais en songe lorsque, au cœur de la nuit, je ressentais en moi une vibration venant de je ne sais où et que ne perçoivent que les animaux prédisposés à fusionner avec un être humain, or je voulais être certain que je ne me trompais pas de gamin, j'étais loin de penser que j'allais m'éterniser à Mossaka, que j'allais quitter mes compères pour toujours en fait, mon cher Baobab, à cette époque-là je n'étais pas parti de notre territoire avec l'idée de ne plus revenir, je te jure que je tenais à la vie en communauté, j'étais convaincu que je pouvais mener une double vie, vivre une vie la nuit, une autre le jour, que je pouvais à la fois être près de mon maître et continuer à côtoyer mes compères, ce qui était hélas incompatible avec la nature de double, et c'est alors, durant mon périple vers Mossaka, que je ressentis en moi le liquide qu'on venait de faire boire au jeune Kibandi, je me suis mis à vomir, les vertiges me brouillaient la vue, mes piquants devenaient des charges difficiles à porter, je ne regardais plus que devant moi, un peu comme si le gamin m'appelait au secours, il avait besoin de moi, je devais être là, autrement le pire allait lui arriver, je tenais sa vie entre mes pattes, je respirais le souffle qui lui revenait, j'étais lui, il était moi, et pour rétablir les choses je devais me manifester en toute urgence, mon cœur allait éclater, je ne savais plus qui j'étais, où je me trouvais et ce que j'allais accomplir à Mossaka, je devais avancer, marcher, suivre la première sente devant moi, j'avais des kilomètres et des kilomètres à parcourir, bien sûr que je ne pouvais pas arriver le même jour, mais je devais partir, et comme il pleuvait ce jour-là, arrivé au milieu de mon parcours je fus obligé de me retirer pour la nuit dans une grotte jusqu'au lendemain, il faut dire que je n'aime pas beaucoup la pluie car nombre de nos compères ont péri emportés par les eaux jusqu'au cœur des cascades du fleuve Niari, je n'ai croisé à l'intérieur que des crapauds et des petites souris que je pouvais intimider, j'atteignis les parages de Mossaka le lendemain au coucher du soleil, et alors, parvenu enfin aux portes du village, exténué, la bave à la gueule, les paupières lourdes, je dormis derrière une case non loin d'une rivière que je découvrais pour la première fois, c'était un bras du Niari qui coupe le pays en deux, je me reposai là, je me disais que je prendrais le temps de rechercher la case de la famille Kibandi le lendemain matin parce que, en me risquant en pleine nuit, je serais tombé sur des chasseurs ou les chiens batékés, et c'est au milieu de la nuit que je ressentis un grand courant d'air, des feuilles mortes qui s'élevaient dans les airs, puis un bruit étrange comme si quelque chose venait vers moi, *« nom d'un porc-épic, c'est un homme, c'est un homme qui m'a vu et qui veut m'abattre, je dois m'enfuir »*, me dis-je sous le coup de la panique, je voulus aussitôt sortir de ma cache, sauver ma peau, hélas j'étais paralysé, impossible de remuer une seule de mes pattes, comme si on m'avait endormi, je me trompais en fait, c'était plutôt le bruit d'une *bête* qui se déplaçait, je dressai alors mes piquants sans avoir au préalable identifié l'animal qui se rapprochait de plus en plus, j'espérais qu'il soit plus petit que moi, qu'il redoute les piquants, j'étais prêt à les projeter s'il le fallait puisque j'en étais capable à la différence de la plupart de mes semblables, je n'eus pas besoin d'en arriver jusqu'à ce point, le jeu n'en valait pas la chandelle, je soufflai un coup, me rassurai lorsque je découvris enfin l'animal devant moi, je faillis éclater de rire, donner raison à notre gouverneur qui soutenait que durant mes premiers mois sur terre je m'affolais même à la vue d'un petit de lézard, ce jour-là je n'avais pas à m'affoler, ce n'était qu'un pauvre rat qui avait l'air de s'être trompé de chemin et qui se retrouvait en face de moi, je le pris en pitié, peut-être voulait-il des renseignements, je ne pouvais rien pour lui, je ne connaissais pas les environs, et puis, me ravisant, je me dis que ce rat paraissait tout de même bizarre, son allure de limace dévoilait le poids de l'âge qui avait fini par immobiliser ses pattes de derrière, ce rat n'était pas un rat comme les autres, il était là pour une raison précise, peut-être pour m'éliminer, m'empêcher d'arriver jusqu'au petit Kibandi, il me défiait maintenant avec ses yeux exorbités, il dressa ses babines, je restai de marbre, je lui laissai croire que ce n'était pas un rat de Mossaka qui me ferait tressaillir, que dans mon existence j'en avais vu de plus impressionnants, et il tourna autour de moi, renifla mon sexe, le lécha avant de disparaître dans un trou au bord d'une habitation à une centaine de mètres de là, je compris enfin que cette habitation était celle que je cherchais, le vieux rat était le double nuisible de Papa Kibandi, il venait confirmer mon statut de double de son fils, c'était la fin de la transmission qui avait commencé avec l'absorption du liquide initiatique, et la transmission se déroule de cette manière, d'abord entre les êtres humains, l'initiateur et l'initié à travers l'absorption du *mayamvumbi*, ensuite entre les animaux, le double animal de l'initiateur devant lécher le sexe du double animal de son jeune initié, en fait le double de Papa

Kibandi voulait s'assurer que l'animal qui allait vivre avec son fils était un animal courageux, un animal qui pouvait garder son sang-froid face au danger, si je lui avais montré des signes de panique, si j'avais cherché à détaler, il m'aurait éliminé sans l'ombre d'une hésitation, et il avait été bien servi, mon cher Baobab

comme cela faisait déjà quatre jours et quatre nuits que j'avais disparu de la brousse pour Mossaka, l'affaire fit le tour des animaux de notre embranchement, une rumeur s'était alors répandue au sujet d'un porc-épic mort au pied d'un palmier, mes compères s'y rendirent à toute vitesse, ils retournèrent à maintes reprises la dépouille du pauvre animal grignoté par les fourmis rouges, ils conclurent cependant que ce porc-épic ne me ressemblait en rien parce qu'il avait une malformation au niveau de la gueule, ils ne se firent plus d'illusions, ils n'allaient pas passer leur existence à me rechercher, ils devaient se plier à la réalité, prendre les dispositions qui s'imposaient, ils repartirent dans la brousse à la queue leu leu, j'imaginais déjà notre gouverneur en train de confirmer avec satisfaction ma mort aux autres compères, leur expliquer que j'avais été pris dans les pièges des gamins de Mossaka, je le soupçonnais d'avoir ajouté que j'étais un têtu de nature, que j'étais hautain comme les hommes, que je parlais trop, que ma prétention avait entraîné ma ruine, que je préférais la vie domestique à la liberté de la brousse, j'imaginais aussi que, comme de coutume, sans doute dans le dessein de m'assener le coup de pied de cet animal idiot que les humains appellent l'âne, il s'était lancé dans un long discours de moraliste et que, pour illustrer ses propos, il avait évoqué une fable qu'il nous contait avec délectation, une fable qui nous poussait à la réflexion, *Le Rat de ville et le Rat des champs*, je me dis qu'il leur avait raconté qu'un jour le Rat de ville avait invité le Rat des champs, et ces deux animaux étaient en train de manger chez les hommes lorsqu'ils entendirent le maître des lieux arriver, ils prirent la poudre d'escampette, et quand le bruit cessa enfin et que le danger sembla s'être dissipé, le Rat de ville proposa de nouveau à son compère des champs de regagner les lieux pour terminer le repas, le Rat des champs déclina cette proposition, rappela à son compère de ville que dans la brousse personne ne l'interrompait quand il cassait la croûte, et alors, mon cher Baobab, notre vieillard de gouverneur avait peut-être dévoilé en une formule cinglante la morale de cette fable que beaucoup de mes congénères n'avaient pas saisie une fois de plus malgré les explications que je leur marmonnais lorsque le vieux concluait d'un air détaché *« fi du plaisir que la crainte peut corrompre »*, et il avait dû murmurer *« que sert la bonne chère quand on n'a pas la liberté, hein »*, donc, crois-moi, il avait à tous les coups démontré que ce qui m'était arrivé pouvait arriver à ceux qui seraient tentés de s'aventurer chez les hommes, *« voilà comment s'achève le destin d'un inconscient, d'un petit braillard que j'ai vu naître, que j'ai recueilli, un petit qui mourait de peur devant les lézards, qui déféquait partout, un petit qui n'a pas la moindre reconnaissance parce que la nature a voulu que nous nous coltinions tous des piquants, la peau du faon a servi de tambour aux hommes, que cela vous serve d'exemple »*, avait-il peut-être conclu, et c'était, je l'imagine encore, un jour triste pour mes semblables, le vieux porc-épic n'avait pas dû interrompre pour autant son sermon parce que, volubile comme il l'était, il aimait bien illustrer ses propos au moins par deux ou trois fables qu'il tenait de ses propres grands-parents, je suis certain qu'il avait évoqué la fable préférée de mes compères, *L'Hirondelle et les Petits Oiseaux*, il paraît qu'il existait autrefois une Hirondelle qui avait beaucoup voyagé, beaucoup vu, beaucoup appris, beaucoup retenu de ses voyages au point qu'elle augurait le moindre orage aux matelots, et l'Hirondelle en question, sûre de son savoir et de son expérience de migratrice, s'adressa un jour aux petits oiseaux insouciants afin de les mettre en garde contre le danger qu'ils encouraient avec le début des semailles chez les hommes, l'Hirondelle les avertit que les semailles entraîneraient bientôt leur ruine, qu'il fallait coûte que coûte saboter les graines, les manger les unes après les autres, autrement ils n'auraient pour seul destin que la cage ou la marmite, aucun de ces petits oiseaux n'écouta l'Hirondelle savante, ils se couvrirent les oreilles avec leurs ailes afin de ne pas entendre ces ratiocinations d'une créature à plumes qui, selon eux, avait perdu le sens du discernement à force de parcourir le monde sans but précis, et quand la prédiction se réalisa à la plus grande surprise de l'assemblée des petits oiseaux, plusieurs d'entre eux furent capturés, rendus esclaves, c'est peut-être à ce stade de son récit que notre gouverneur avait dû conclure sa fable en leur disant *« et nous ne croyons le mal que quand il est venu »*, je ne doute pas aussi qu'il avait risqué au passage quelques autres allégories que nul n'avait déchiffrées en mon absence puisque, comme je te l'ai dit, c'était moi qui essayais de dévoiler aux autres le sens caché des paraboles et des symboles du vieux porc-épic, et quand il finissait de raconter *L'Hirondelle et les Petits Oiseaux*, fier de sa sagesse, il lâchait d'un air grave que lui seul savait affecter *« moi je suis l'Hirondelle en question, et vous, vous êtes ces petits oiseaux inconscients, vous ne pouvez pas comprendre, ce sont des paroles de sagesse qui vous dépassent »*, et si mes compères étaient demeurés perplexes le vieux avait dû leur décocher une formule encore plus cinglante, dans le genre *« vous ne comprendrez rien à rien, seul le vieux sage peut entendre le criquet éjaculer »*, mais cette fois-ci il avait dû dire, avec plus de gravité dans la voix, *« allez, on passe à autre chose, nul n'est irremplaçable dans cette brousse, tant pis pour ce faon qui se comportait comme les humains »*

c'est dire qu'avec ma disparition beaucoup avaient dû être affligés, surtout ceux qui étaient friands des histoires d'hommes que je leur racontais quand le vieux nous tournait le dos, prétendait se livrer à une méditation profonde, il nous disait de le laisser tranquille dans son recueillement de patriarche, il se mettait au sommet d'un arbre, fermait les yeux, ânonnait des prières, je croyais entendre des paroles proférées par un vrai cousin germain du singe puisque les grognements et les marmonnements d'un porc-épic ont une étonnante consonance humaine, ce qui fait toutefois ma fierté jusqu'à présent c'est que je suis certain que plusieurs de mes compères ne perdirent pas l'espoir de me revoir un jour, j'étais trop prudent pour me laisser capturer comme un bleu par les gamins de Mossaka, ils devaient se rappeler que je leur avais mille fois parlé de ces pièges dont nous nous moquions, ils reconnaissaient ma lucidité, mon flair, mon intelligence, ma vitesse, ma ruse, ils savaient que je pouvais les déjouer en un tour de patte, donc mes compagnons s'étaient peut-être mis à s'imaginer le jour de mon retour parmi eux, un grand jour, ils riraient à la gueule du gouverneur, ils lui diraient que ses élans de sage n'étaient que de la poudre aux yeux, ils me poseraient mille questions sur ma disparition, mon intrusion dans le monde des cousins germains du singe, pourquoi te cacher que les premières questions qu'ils m'auraient posées auraient concerné la condition humaine, le rapport des hommes avec les animaux, mes compères avaient toujours voulu savoir si les cousins germains du singe étaient convaincus que nous étions capables de réfléchir, de concevoir une idée, de la mener jusqu'au bout, ils avaient aussi toujours voulu savoir si les hommes étaient conscients du mal qu'ils infligeaient aux animaux, s'ils se rendaient compte de leur arrogance, de leur supériorité autoproclamée, plusieurs d'entre eux ne connaissaient en effet des hommes que les préjugés que nous débitait le gouverneur parce qu'ils n'avaient jamais mis leurs pattes au cœur d'un village, ils ne voyaient donc les hommes que de loin, il leur arrivait alors de se tordre de rire, de plaindre les humains parce que ceux-ci n'utilisent pas leurs membres supérieurs pour bouger d'un point à un autre, préférant s'imposer un déplacement à l'aide de leurs pieds, juste pour montrer aux autres espèces qu'ils leur sont supérieurs, mes compères écoutaient avec intérêt la caricature que notre gouverneur dressait de l'espèce humaine, celui-ci proclamait que l'Homme était indéfendable, qu'il ne méritait aucune absolution, qu'il était la pire des créatures qui puisse exister sur cette terre, qu'il n'avait point de circonstances atténuantes, et puisque les humains nous mènent la vie dure, puisqu'ils sont hostiles et sourds à notre appel à la coexistence pacifique, puisque ce sont eux qui viennent nous chasser dans la brousse, puisqu'ils ne comprennent la nécessité d'une entente qu'après une longue bataille qui les décime, qui laisse des traces indélébiles dans leur mémoire, eh bien, il faut leur rendre la pareille, il faut s'en prendre même à leurs enfants qui viennent de voir le jour parce que *« les petits du tigre ne naissent pas sans leurs griffes »*, ainsi parlait notre gouverneur, et tu vois, mon cher Baobab, qu'il ne portait pas du tout le genre humain dans son cœur

ma mort devint bientôt une certitude dans notre communauté, je présume que c'est le gouverneur qui décida que le groupe devait changer de lieu le plus tôt possible parce que, mon cher Baobab, lorsqu'un de nous mourait, nous émigrions de suite pendant deux ou trois journées à la quête d'un nouveau territoire, deux raisons nous poussaient à cette douloureuse migration, nous pensions d'abord que le changement de lieu était la seule parade contre nos angoisses et nos frayeurs dans la mesure où nous nourrissions une peur bleue de l'au-delà, nous croyions en fait que l'autre monde n'était qu'un univers de créatures terrifiantes, le gouverneur en tirait d'ailleurs profit pour nous expliquer que lorsqu'un porc-épic mourait il revenait quelques jours plus tard sous les traits d'un esprit malin parmi ses compères vivants, il devenait géant, avec des piquants dressés, plus longs et plus pointus que les sagaies des chasseurs, et toujours d'après lui les piquants d'un tel porc-épic effleuraient les nuages, bouchaient l'horizon, empêchaient le jour de se lever, nous vivions alors avec la crainte de ce fantôme qui reviendrait du royaume des morts dans le dessein de nous terrifier, de nous empêcher de dormir, de nous arracher nos jolis piquants, de nous menacer de ses longues épines empoisonnées, mais la deuxième raison qui nous poussait à émigrer à la suite de la mort d'un des nôtres relevait plutôt de l'instinct de survie, nous étions convaincus qu'un homme qui avait abattu un animal à un endroit donné était tenté de revenir sur les lieux, *« un animal averti en vaut deux »*, disait le gouverneur lorsque la peur du fantôme d'un porc-épic malintentionné ne suffisait plus à nous convaincre de la nécessité d'une migration, et s'il arrivait que nous boudions sa décision malgré ces intimidations, il lançait, mystérieux, *« faites-moi confiance, je suis comme un sourd qui court à perdre haleine »*, il enchaînait de suite *« et si vous voyez un sourd courir, mes petits, ne vous posez pas de questions, suivez-le car il n'a pas entendu le danger, il l'a vu »*, c'est donc pour ces raisons que les miens avaient peut-être quitté ce territoire où nous nous étions fixés depuis un certain temps, ils n'avaient laissé aucun indice qui aurait pu me conduire jusqu'à leur nouveau territoire, et même si certains avaient songé à m'orienter vers ce nouveau lieu par des moyens détournés, par exemple abandonner des noix de palme le long d'un sentier, des piquants par terre, répandre des excréments ou des urines par-ci par-là, marquer le tronc de chaque arbre à coups de griffes, broyer la tête des roseaux, cela n'aurait servi à rien, le gouverneur aurait brouillé ces repères, il est probable qu'il s'était posté derrière la bande afin de mieux observer le périple, de blâmer les petits malins, et surtout de faire disparaître ces indices

c'est ainsi que le cinquième jour, lorsque je suis revenu dans notre territoire dans le but de me reposer un peu après la prise de contact avec le jeune Kibandi, je n'avais trouvé aucun des membres du groupe, tout était calme, les terriers étaient vides, je comprenais enfin que le gouverneur avait donné l'ordre de déguerpir, j'avais été déclaré mort par les miens, j'ai commencé à sangloter devant ce vide, chaque bruit dans les bosquets me redonnait l'espoir de revoir un de mes compères qui viendrait m'enlacer, frotter ses piquants contre les miens en signe de retrouvailles, me taquiner en m'appelant « le faon », et lorsque j'entendis enfin un bruit mes piquants se mirent à s'agiter de joie, hélas mon emballement ne fut que de courte durée, je réalisai par la suite que ce n'était qu'un rat palmiste qui s'aventurait par là, son éclat de rire narquois en disait long, jusqu'à présent je ne comprends pas pourquoi ces amateurs de noix de palme nous vouent une telle haine au point de prendre notre malheur pour leur bonheur, bien évidemment je ne répondis pas à ses provocations, à ses ricanements niais, je demeurai seul pendant six jours, ce ne fut qu'au septième que j'aperçus un écureuil d'un certain âge dans les parages, et comme les écureuils au moins nous sont plus sympathiques parce qu'on ne s'est jamais pris la gueule avec eux, je lui demandai s'il avait vu un groupe de porcs-épics quitter la région quelques jours plus tôt, il éclata de rire lui aussi, il multiplia les tics que nous reprochions aux êtres de son espèce, les écureuils ont en effet tendance à s'agiter pour rien, à rouler leurs yeux, à bouger leur nez, à remuer leur tête de manière épileptique, ce qui leur donne une apparence plus que ridicule, mais remarque, ces tics les sauvent parfois du fusil braqué sur eux par les hommes, et je constatai qu'il traînait une queue coupée, sans doute avait-il échappé de justesse à un piège des humains, la plaie était encore béante, je ne voulus pas m'attarder sur les raisons de son infortune, et alors, après son fou rire suivi d'une série de ces tics burlesques, il se gratta le derrière avant de bredouiller « je t'épie depuis, je me demandais bien pourquoi tu pleurais comme ça, c'est donc parce que tu cherches les tiens, n'est-ce pas, hein, à vrai dire j'ai pas vu de porc-épic rôder dans le coin depuis quelques jours, c'est plutôt très calme par ici ces derniers temps, à croire qu'y a plus rien à bouffer et que tout le monde se barre, mais bon, si t'as pas d'endroit où vivre on peut t'accueillir dans notre communauté, je me ferais un plaisir de te présenter à mes compères, surtout que la saison des pluies qui arrive risque d'être rude et sans pitié à en croire ces nuages bas et lourds comme la panse d'un âne, viens avec moi, nous devons nous aider, nous donner la patte, tu vois ce que je veux dire, hein », je ne me voyais pas vivre avec les écureuils, supporter leurs tics, partager leurs noix, arbitrer leurs bagarres pour une amande pourrie, grimper aux arbres à longueur de journée, je lui fis non de la tête, il essaya de me persuader, je restai inflexible, plutôt crever que de me rabaisser à ce point, me dis-je, et il me fit « tu te prends pour qui, hein, l'orgueil ne donnera jamais de logis à un vagabond », et moi je répondis « le logis du vagabond c'est sa dignité », il se tut, me toisa avant de lancer à la fin « écoute, ami à piquants, je t'ai proposé notre hospitalité, tu la refuses, je voudrais bien t'aider à retrouver les tiens, mais je suis pressé là où tu me vois là, mes compères m'attendent depuis un bon bout de temps, ils m'ont envoyé chercher quelques noix, je peux au plus te dire que ta famille est partie de l'autre côté, derrière toi », et de la gueule il m'indiqua l'horizon, là où le ciel et la terre se rejoignent, là où les montagnes se touchent, ne ressemblent plus qu'à un petit amas de pierres, je savais qu'il se payait ma tête, qu'il exultait de me voir dans cet état de tristesse, « je suis désolé, je dois y aller, je te souhaite bon courage pour la suite, et que ta dignité t'accorde un logis », dit-il, je le vis partir sans se retourner, j'ai regardé l'horizon, puis le ciel, j'ai essuyé mes larmes, j'ai un peu tourné en rond pendant quelques minutes, toujours ce vide, cette impression que le silence avait ses yeux posés sur moi, des yeux complices du déplacement de mes compères, l'image de notre communauté était devant moi, je revoyais le gouverneur parler, prier, marmonner des ordres, j'ai versé plus de larmes à cet instant-là, et, prenant une grande bouffée d'air, les piquants en berne, je me suis dit « tant pis, je vais vivre seul à présent », et, deux jours plus tard, rongé par la solitude et le chagrin, je repris le chemin du village de mon jeune maître voilà comment, mon cher Baobab, j'ai quitté le monde animal afin de me mettre au service du petit Kibandi qui venait d'être initié à Mossaka, ce petit que j'allais suivre bien plus tard à Séképembé, ce petit que je n'allais plus quitter pendant des décennies jusqu'au vendredi dernier où je n'ai pu rien faire pour lui éviter la mort, je suis encore affecté, je ne voudrais pas que tu voies mes larmes, je vais donc te tourner le dos par décence et souffler un peu avant de poursuivre *comment Papa Kibandi nous a vendu son destin*

mon maître n'avait pas passé un seul jour de sa vie sans revoir cette nuit où son père nous avait vendu son destin, et les images de l'initiation s'imposaient à lui, il se revoyait à Mossaka, à l'âge de dix ans, en pleine nuit, une nuit peuplée d'effraies, de chauves-souris, cette nuit où Papa Kibandi l'avait réveillé à l'insu de sa mère pour l'entraîner de force dans la forêt, et bien avant de quitter la case le petit Kibandi assista à une scène si peu croyable qu'il se frotta les yeux à plusieurs reprises, il constata en effet que son père était à la fois couché près de sa mère et debout à ses côtés, il y avait ainsi deux Papas Kibandi dans la maison, les deux se ressemblaient comme deux gouttes d'eau, l'un était immobile, couché dans le lit, l'autre était debout, en mouvement, et le gamin, saisi de panique, hurla, mais le père debout posa une main sur sa bouche et lui dit « tu n'as rien vu, je suis moi, et celui qui est couché à côté de ta mère, eh bien, c'est aussi moi, je peux être à la fois moi-même et l'*autre moi-même* qui est couché, tu le comprendras bientôt », le petit Kibandi voulut s'échapper, le père debout le rattrapa d'une seule enjambée « tu ne peux pas courir plus vite que moi, et si tu t'échappes, c'est l'autre moi-même que je lancerai à tes trousses », le petit Kibandi regarda une fois de plus tour à tour son père debout et l'autre lui-même de son père, il avait l'impression qu'on l'enlevait, qu'il fallait peut-être réveiller cet autre lui-même de son père qui viendrait alors à son secours, il se demanda cependant si c'était bien celui-là son vrai géniteur, et alors, le père debout le laissa assouvir sa curiosité avant d'acquiescer de la tête, cela voulait dire que c'était à lui que le gamin devait s'adresser, c'était lui le père, le vrai, le petit Kibandi n'avait plus de voix, le père debout remua de nouveau la tête, esquissa un sourire énigmatique, mon jeune maître jeta avec désespoir un dernier coup d'œil dans le lit de ses parents, sa mère avait maintenant une main posée sur la poitrine du Papa Kibandi couché, « l'autre moi-même ne se réveillera pas tant que les choses ne se seront pas accomplies comme le veulent nos ancêtres, et s'il se réveille maintenant, tu n'auras plus de père, viens, la route est longue », il saisit le gamin par la main droite, le rudoya presque, la porte demeura à moitié fermée, ils disparurent dans la nuit, le père ne lâchait pas un seul instant la main du fils comme s'il craignait que celui-ci ne prenne la poudre d'escampette, la marche fut interminable, ponctuée de cris d'oiseaux de nuit, et lorsqu'ils parvinrent enfin au cœur de la brousse la lune les guettait d'un œil discret, le père libéra la main de mon jeune maître, il savait que celui-ci ne pouvait plus songer à la fuite à cause de la crainte des ténèbres qui l'habitait, Papa Kibandi écarta alors un lacis de lianes, s'orienta vers un champ de bambous, retrouva une vieille pelle dissimulée sous un amas de feuilles mortes, l'enfant ne le quittait pas des yeux, ils revinrent sur leurs pas, se retrouvèrent dans une clairière, on entendait couler une rivière un peu plus bas, et Papa Kibandi, de sa voix éraillée, entonna une chanson, entreprit de creuser la terre avec la virtuosité des *déterreurs*, ces voleurs de suaires qui, une fois qu'ils avaient commis leur vol et profané la sépulture du macchabée, lavaient ensuite ces linceuls dans la rivière, les pliaient dans un sachet, allaient les revendre au prix fort dans les villages voisins où se déroulaient des funérailles, Papa Kibandi creusait toujours, les coups de pelle déchiraient le silence de la brousse, et au bout d'une vingtaine de minutes, presque une éternité pour mon jeune maître, le père jeta son instrument sur l'amas de terre, poussa un soupir de soulagement, « voilà, c'est parfait, nous y sommes, tu vas bientôt être délivré », il se mit à plat ventre, plongea sa main dans la fosse pour en sortir un objet enroulé dans un morceau de pagne encrassé, l'enfant découvrit une gourde et un gobelet en aluminium, Papa Kibandi secoua d'abord la gourde à plusieurs reprises avant de verser le *mayamvumbi* dans le gobelet, il avala lui-même une lampée, fit claquer sa langue, tendit ensuite la timbale à son fils qui recula de deux pas, « mais qu'est-ce que tu fais, hein, c'est pour ton bien, bois, bois donc », il l'attrapa par la main droite, « tu dois boire cette potion, c'est pour ta protection, ne fais pas l'idiot », et comme le petit Kibandi, désespéré, se débattait, il l'immobilisa au sol, lui boucha les narines, lui fit boire le *mayamvumbi*, quelques gorgées avaient suffi, la réaction fut immédiate, le petit Kibandi éprouva aussitôt des vertiges, tomba par terre, se releva, chancela, il tenait à peine debout, les yeux fermés, le liquide avait à la fois le goût de vin de palme moisi et de la vase de marécage, la potion brûlait la gorge, et lorsqu'il ouvrit les yeux, mon jeune maître aperçut un gamin qui lui ressemblait, il eut juste le temps de discerner les traits de cet enfant qui disparut entre deux bosquets, « tu l'as vu, ton *autre toi-même*, hein, est-ce que tu l'as vu, hein », demanda Papa Kibandi, « il était là devant toi, ce n'est pas une illusion, mon petit, maintenant tu es un homme, je suis heureux, tu vas poursuivre ce que j'ai moi-même reçu de mon père et ce que mon père a reçu de son père », le petit Kibandi prêtait plutôt l'oreille vers l'endroit où s'était échappé cet enfant, son autre lui-même, il l'entendait encore écraser les feuilles mortes dans sa foulée, une foulée presque démentielle, à croire que quelqu'un était à ses trousses, puis ce fut le silence, son père pouvait enfin souffler, il avait attendu longtemps cet instant d'affranchissement, cet instant où il se serait enfin acquitté de sa dette de transmission le petit Kibandi n'eut pas de rapports fréquents avec son autre lui-même qui préférait plutôt me pister, m'empêcher de dormir, je l'entendais marcher sur les feuilles mortes, courir à perdre haleine, respirer dans un buisson, boire de l'eau dans une rivière, il arrivait parfois que je trouve des vivres amassés près de ma cache, je savais que c'était l'autre lui-même du petit Kibandi qui les avait déposés là, j'en étais fier, quelqu'un s'occupait donc de moi, et c'est peut-être à ces instants que je me sentais réconforté, j'étais heureux d'être un privilégié, je prenais du poids, mes piquants devenaient plus résistants, je pouvais les voir luire lorsque le soleil était au zénith, je m'accoutumais à ce jeu de cache-cache avec l'autre lui-même de mon jeune maître, il devenait notre intermédiaire, et lorsque je ne l'avais pas vu ou entendu pendant deux ou trois semaines j'éprouvais des inquiétudes, je m'orientais de toute urgence vers le village, je n'étais rassuré que lorsque j'apercevais enfin le petit Kibandi jouer dans la cour de leur concession, je rentrais alors dans ma cache, tranquillisé, et j'ai passé des années ainsi, l'autre lui-même de mon jeune maître m'alimentait, je ne manquais de rien, je n'avais pas à m'inquiéter du lendemain, les vivres m'attendaient à l'entrée de mon refuge dès que je mettais le nez dehors, et si un autre animal osait venir me les subtiliser, l'autre lui-même de mon jeune maître le chassait à jets de pierres, pour une fois je pouvais convenir avec les hommes que je menais une vie de paresseux

rien n'a été entrepris de concret pendant cette période de l'adolescence de mon maître, nous apprenions à vivre ensemble, à coordonner nos pensées, à mieux nous connaître, c'est par le biais de cet autre lui-même que j'envoyais des messages au petit Kibandi, et puis un jour, je traînais près d'un marigot, je l'ai surpris assis sur une pierre, il me donnait le dos, je n'ai plus voulu bouger ni faire du bruit, autrement il se serait sauvé une fois de plus, il observait les hérons et les canards sauvages, j'étais saisi d'une vive émotion au point de me dire que c'était le vrai petit Kibandi qui me donnait ainsi le dos, je me suis avancé de quelques mètres, il m'a entendu, il s'est aussitôt retourné, et c'était trop tard, j'avais distingué ses traits du visage, si tout de lui venait de mon maître, la chose qui me parut la plus étrange fut de constater que cet autre lui-même de Kibandi n'avait pas de bouche, il n'avait pas de nez non plus, rien que des yeux, des oreilles et un long menton, j'avais à peine eu le temps d'exprimer ma stupéfaction qu'il avait détalé en se jetant dans le marigot, le vol des hérons et des canards sauvages lui servit de couverture dans sa débandade, il n'y avait plus rien devant moi, juste le marigot agité, c'était l'une des rares images que j'allais voir de cet autre lui-même de mon jeune maître, la toute dernière étant celle où cette créature sans bouche vint m'annoncer le départ imminent de mon maître et sa mère vers Séképembé, quelques jours avant la mort de Papa Kibandi tout se passait comme si, en vieillissant, Papa Kibandi retournait à l'état animal, il ne coupait plus ses ongles, il avait les tics d'un vrai rat lorsqu'il fallait manger, il se grattait le corps à l'aide de ses orteils, et les gens de Mossaka qui prenaient cela pour de la plaisanterie de mauvais goût, pour un jeu de vieux débile, commencèrent à s'en inquiéter, le vieil homme était désormais pourvu de longues dents acérées, en particulier celles de devant, des poils gris et durs prenaient racine dans ses oreilles, arrivaient jusqu'à la naissance de ses mâchoires, et lorsque Papa Kibandi disparaissait vers minuit, Mama Kibandi ne s'en rendait même pas compte, elle voyait l'autre lui-même de son époux couché dans le lit, à ses côtés, mon jeune maître surprenait alors des colonnes de rats qui allaient et venaient de la salle principale à la chambre de ses parents, il savait que le plus gros de ces rongeurs, ce rat nanti d'une queue lourde, d'oreilles rabattues et de pattes arquées, celui-là était le double de son père, il ne fallait surtout pas l'assommer à coups de bâton, un jour il s'était tout de même amusé à mener la vie dure à ce vieil animal, il avait saupoudré du raticide sur un morceau de tubercule et l'avait laissé à l'entrée de l'orifice d'où surgissaient les rongeurs, il y eut une dizaine de rats morts quelques heures plus tard, mon jeune maître s'empressa de rassembler ces rongeurs trépassés dans des feuilles de bananier pendant que ses parents dormaient, il alla les jeter loin derrière la case, mais aux premières heures de l'aube, à sa grande surprise, Papa Kibandi lui tira les oreilles « si tu veux ma mort, prends un couteau et tue-moi le jour, tu es aujourd'hui celui que j'ai voulu que tu sois, l'ingratitude est une faute impardonnable, j'espère que je n'aurai plus à discuter de ça avec toi », Mama Kibandi ne sut rien de plus sur l'affaire, le père et le fils savaient de quoi ils parlaient

et il y avait ces décès qui se multipliaient à Mossaka, des décès qui ne s'espaçaient plus, les enterrements se suivaient, on avait à peine fini de verser des larmes sur un mort qu'un autre attendait son tour, Papa Kibandi ne se rendait pas à ces funérailles, cela suscita des interrogations dans un village où tout le monde se connaissait, il vit les yeux de la population se poser sur lui, les gens changer de chemin en le croisant avec son allure de rat, et puis il y avait aussi les femmes qui jacassaient à ce sujet au bord de la rivière, les hommes qui prononçaient son nom à chaque rassemblement dans la case à palabres, les gamins qui pleuraient, qui s'accrochaient au pagne de leur maman dès que le vieil homme était dans les parages, sans compter les chiens batékés qui prenaient la précaution d'aboyer à distance ou devant la porte de leur maître, tout Mossaka rapportait maintenant d'une seule voix que Papa Kibandi possédait *quelque chose*, chaque détail de sa vie fut alors disséqué à la loupe, au peigne fin, on lui reprochait maintenant de n'avoir pas eu beaucoup d'enfants, de n'en avoir eu qu'un seul au moment où la cendre recouvrait sa tête, il était sur la ligne de mire pour n'importe lequel de ces décès, qu'en était-il par exemple de son propre frère Matapari mort en sciant un arbre dans la brousse alors qu'il était le plus grand abatteur de Mossaka, hein, c'est vrai que ce frère avait changé ses méthodes de travail, s'était doté d'une scie à moteur qu'il fallait savoir manier dans ce coin où l'on en était encore à l'abattage à la hache, Papa Kibandi était-il jaloux de cet instrument de travail, hein, enviait-il les économies de son frère qui tirait profit de l'outil, le louait à la population, hein, et puis qu'en était-il de la mort de sa sœur cadette Maniongui trouvée inerte, sans vie, les yeux retournés, la veille de son mariage, hein, tout le monde savait que Papa Kibandi s'opposait à cette union à cause d'une histoire de région, « une Nordiste ne peut pas épouser un Sudiste, un point c'est tout », disait-il, qu'en était-il aussi de Matoumona, cette femme que Papa Kibandi désirait prendre comme deuxième épouse, cette femme qui avait la moitié de son âge, hein, n'était-elle pas morte en avalant de travers sa bouillie de maïs, et qu'en était-il de Mabiala le facteur qu'il soupçonnait de tourner autour de Mama Kibandi, hein, et de Loubanda le fabricant de tam-tam à qui il reprochait son succès auprès des femmes, hein, et de Senga le briquetier qui avait refusé de travailler pour lui, hein, et de Dikamona la choriste des veillées mortuaires qui ne lui disait pas bonjour, elle qui l'avait traité de vieux sorcier en public, hein, et de Loupiala la première infirmière diplômée originaire de Mossaka, cette jeune femme qui, selon Papa Kibandi, parlait pour ne rien dire, cette jeune femme qui vantait son diplôme, hein, et de Nkélé le plus grand cultivateur de la région, cet homme égoïste qui refusait de lui céder un lopin de terre près de la rivière, hein, qu'en était-il de tous ces gens qui n'étaient pas de sa famille, ces gens qui mouraient les uns après les autres, hein, et donc, mon cher Baobab, on imputait ces disparitions à Papa Kibandi pendant qu'il regardait l'horizon avec sérénité, comme s'il ne pouvait plus changer le cours des choses, comme s'il était au-dessus de ce qu'il qualifiait lui-même de *« petites querelles de lézards »*, et puisque les gens ne lui parlaient plus il se recroquevilla dans son orgueil, dit à son fils et à son épouse de ne plus discuter avec les villageois, de ne dire bonjour à personne, lui-même crachait par terre lorsqu'il croisait un habitant, il traitait le chef du village de tous les noms, de pauvre corrompu qui ne vendait les terres qu'à sa propre famille, et puis il y eut cet événement fatidique, un conflit familial qui allait marquer la mémoire des gens du Nord, cette brouille avec sa sœur cadette, la toute dernière, or c'était mal connaître Papa Kibandi puisqu'il allait une fois de plus mêler les cartes, semer le doute dans l'esprit des villageois, il allait ajourner ce qui apparaissait pourtant comme le terme de son existence sur cette terre, seul Papa Kibandi était capable d'un tel exploit, crois-moi, mon cher Baobab, et jusqu'à maintenant je n'en reviens toujours pas lorsque je revois comment il a roulé ce petit monde dans la farine

c'est au cours de la saison sèche que ce malheur advint à Mossaka, les eaux du Niari arrivaient à peine aux chevilles des baigneurs, on retrouva au coucher du soleil le corps sans vie de Niangui-Boussina sur la rive droite, de l'autre côté du village, elle avait le ventre ballonné, le cou enflé comme si elle était morte après une strangulation par un criminel aux mains gigantesques, cette fille n'était autre que la nièce de Papa Kibandi, la fille de sa sœur cadette Etaleli que je nommerai ici Tante Etaleli comme l'appelait mon maître lui-même, l'adolescente Niangui-Boussina était venue passer les vacances à Mossaka avec sa mère, leur village était à quelques kilomètres de là, Tante Etaleli prétendit que sa fille ne pouvait pas mourir par noyade, non, au grand jamais, elle était née au bord de la rivière la plus dangereuse du pays, la Loukoula, elle avait passé son enfance dans l'eau, c'était donc une histoire louche, le nom de Papa Kibandi fut de toute évidence évoqué, Tante Etaleli menaça qu'elle ne quitterait pas Mossaka tant que la lumière ne serait pas faite sur la noyade de sa fille, et, la tension croissant, elle partit de la maison de son frère, alla résider chez une de ses amies, ne bougea de là que le jour où on devait ramener le corps de l'adolescente à Siaki, le village où Tante Etaleli vivait avec son époux, et Papa Kibandi entendait cette fois-ci le mot « sorcier » dès qu'il mettait les pieds hors de sa case, on le traitait de « rat pestiféré », on ne lui laissait pas le temps de s'expliquer, il aurait voulu en discuter avec sa sœur, lui démontrer qu'on pouvait l'accuser de tout sauf d'avoir *mangé* sa nièce, et quand je dis *mangé*, il faut comprendre, mon cher Baobab, qu'il s'agit de mettre fin aux jours d'un individu par des moyens imperceptibles pour ceux qui nient l'existence d'un monde parallèle, en particulier ces incrédules d'humains, et alors, nom d'un porc-épic, le jour de l'enterrement de Niangui-Boussina à Siaki, on attendait Papa Kibandi avec des sagaies empoisonnées, on prévoyait de l'embrocher en public dans ce village où il s'apprêtait à se rendre pour saluer la mémoire de sa nièce, il changea d'avis au dernier moment, son vieux rat qu'il avait envoyé tâter le terrain eut vent de ce qui se tramait contre lui, un grand piège ourdi par Tante Etaleli avec la complicité de certains habitants de Siaki et de Mossaka, toujours est-il qu'une semaine après l'inhumation Tante Etaleli réapparut à Mossaka de bonne heure avec une délégation de quatre hommes, elle apostropha Papa Kibandi, lui dit ouvertement « c'est toi qui as mangé Niangui-Boussina, c'est toi qui l'as mangée, tout le monde le sait, tout le monde le dit, tu dois me l'avouer les yeux dans les yeux », Papa Kibandi réfuta l'accusation, « je ne l'ai pas mangée, comment pourrais-je manger ma propre nièce, hein, je ne sais même pas comment on mange quelqu'un, la petite est morte de noyade, un point c'est tout », et la sœur éleva le ton, « si tu as des couilles, viens donc avec nous à Lekana, le féticheur Tembé-Essouka te confondra devant ces quatre témoins qui sont avec moi, je les ai choisis dans quatre villages différents, l'un d'eux est d'ailleurs de Mossaka », et, à la surprise générale, peut-être aussi à cause de la foule qui se pressait autour d'eux, Papa Kibandi n'opposa aucune résistance, il mit ses chaussures en caoutchouc, enfila un long boubou en pagne, dit en signe de défi « je suis à toi, on y va, tu perds ton temps, ma sœur », Tante Etaleli répliqua « ne m'appelle plus sœur, je ne suis pas la sœur d'un mangeur »

si les quatre témoins venus avec Tante Etaleli étaient choisis dans quatre villages différents, c'était la tradition qui l'exigeait dans le souci de la neutralité et de l'authenticité des propos que ces personnes allaient transmettre dans leurs localités respectives, le petit groupe marcha une demi-journée jusqu'à Lekana, c'est là qu'habite le célèbre féticheur Tembé-Essouka, un vieil homme aveugle de naissance, aux jambes efflanquées et dont la barbichette balaie le sol à chaque mouvement de tête, il paraît que les responsables de ce pays le consultent, vénèrent sa science des ombres, il ne se lave jamais, sinon il perdrait ses pouvoirs, il traîne des hardes rouges, fait ses besoins au chevet de son lit en bambou, il est capable de domestiquer la pluie, le vent et le soleil, il ne demande à être payé qu'après résultat, et encore, on doit le payer en cauris, la monnaie qui avait cours à l'époque où ce pays était encore un royaume, il n'a pas confiance dans la monnaie nationale, il pense que les temps n'ont pas changé, que la monnaie officielle est un leurre, que le monde est constitué de royaumes, que chaque royaume a son féticheur, que parmi tous ces féticheurs il est le plus grand, et dès qu'on arrive devant sa case érigée sur une colline il pousse un ricanement qui tétanise ses visiteurs, il commence par vous expliquer votre passé en détail, il vous dit avec exactitude vos date et lieu de naissance, les noms de vos père et mère, il vous dévoile ensuite le mobile de votre visite, secoue les masques terrifiants suspendus au-dessus de sa tête et avec lesquels il communie, cet homme-là allait départager le père et la tante de Kibandi, les quatre témoins avaient essayé par tous les moyens de réconcilier la sœur et le frère qui ne s'étaient échangé aucun mot durant la traversée de la brousse, le groupe parvint aux portes de Lekana vers midi

mon cher Baobab, les habitants de Lekana étaient accoutumés aux va-et-vient des gens qui s'orientaient vers la colline afin de consulter Tembé-Essouka, et celui-ci, ayant entendu les pas des visiteurs, hurla depuis sa case au bord de l'effondrement, « vous, là, qu'est-ce que vous venez faire chez moi comme ça, hein, Tembé-Essouka n'est pas là pour des petites affaires que vous pouvez régler entre vous, ne me dérangez pas pour rien, je n'ai pas besoin de vos cauris, le coupable n'a pas fait le déplacement, je vois de l'eau, oui, je vois de l'eau, je vois une jeune fille qui est en train de se noyer, cette fille est la nièce d'un vieux monsieur qu'une dame accuse, si vous insistez, si vous ne me croyez pas, entrez donc à vos risques et périls », puisque Tante Etaleli était plus que jamais déterminée le groupe pénétra dans la case, ce ne sont pas les odeurs putrides qui rebutèrent les six arrivants mais plutôt les masques qui semblaient vexés par l'opiniâtreté et la témérité de ces étrangers, Tembé-Essouka avait le regard humide et éteint, il était assis sur une peau de léopard, agitait un chapelet fabriqué à l'aide des osselets d'un boa dont la tête trônait à l'entrée de la case, les visiteurs prirent place à même le sol, et le féticheur, pensif, murmura « bande d'incrédules, je vous ai bien avertis que le coupable n'était pas avec vous, pourquoi vous êtes entrés dans ma case, hein, vous doutez donc de la parole de Tembé-Essouka ou quoi, hein », Tante Etaleli se mit à genoux, commença à sangloter aux pieds du féticheur, elle s'essuyait les larmes à l'aide d'un bout de son pagne noué autour des reins, le féticheur la repoussa « soyons clairs, cette demeure n'est pas un endroit pour les larmes, il y a un petit cimetière plus bas, vous n'aurez que l'embarras du choix pour trouver une carcasse à qui vos pleurs feraient plaisir », Tante Etaleli bredouilla tout de même « Tembé-Essouka, la mort de ma fille n'est pas une mort normale, c'est pas comme ça qu'une personne doit mourir, je vous en supplie, regardez bien, je suis sûre que vous m'aiderez, votre science est la plus redoutée de ce pays », elle fondit de nouveau en larmes en dépit de l'agacement du féticheur, « merde alors, silence, j'ai dit, vous voulez que je vous chasse d'ici, hein, vous voulez que je vous lance une armée d'abeilles au cul, hein, c'est quoi cette histoire, vous me prenez pour qui, hein, vous n'avez pas encore compris que ce vieux qui est ici et que vous accusez de ce malheur n'est pas celui qui a mangé votre fille, hein, je vais vous le dire combien de fois, bordel, et maintenant si vous insistez à connaître la vérité, je vais vous la dévoiler parce que moi je vois tout, moi je sais tout, et pour vous convaincre de l'innocence de l'homme qui est ici, vous allez tous passer l'épreuve du bracelet d'argent, tant pis pour vous, je vous aurai prévenus, je vous donne trente secondes de réflexion avant de décider si oui ou non je dois procéder à l'épreuve »

tu ne vas pas le croire, mon cher Baobab, Papa Kibandi a accepté de se plier à cette épreuve du bracelet d'argent alors que même ceux qui estimaient ne rien avoir à se reprocher réfléchissaient à deux fois avant de s'y soumettre, d'abord parce que Tembé-Essouka était plus aveugle qu'une taupe, ensuite la panique pouvait fausser le dénouement de l'épreuve,

Papa Kibandi n'allait pas reculer, Tante Etaleli avait séché ses larmes tout d'un coup, elle semblait exulter d'avance à l'idée de voir son frère confondu aux yeux des quatre témoins, le feu illuminait la case, crépitait comme ces incendies qui ravagent la brousse lors de la saison sèche, les masques paraissaient remuer leurs lèvres lippues, susurrer au féticheur des formules cabalistiques auxquelles il répondait par des hochements de tête impétueux, la fumée brouillait maintenant les visages des visiteurs, ils toussotaient à qui mieux mieux, une odeur de rance, puis de caoutchouc calciné asphyxiait l'assistance, et lorsque la fumée cessa enfin Tembé-Essouka mit au feu une marmite remplie d'huile de palme, jeta un bracelet en argent à l'intérieur, laissa cette huile bouillir longtemps avant de plonger sa main dans le récipient sans un moment d'hésitation, l'huile bouillante lui arrivait jusqu'au coude, il récupéra le bracelet sans se brûler, l'exhiba au groupe encore sous le choc, le remit dans la marmite, « maintenant c'est à vous, madame, faites la même chose, retrouvez-moi le bracelet dans cette huile bouillante », après un instant de tergiversation, Tante Etaleli plongea sa main dans la marmite, saisit le bracelet, cria presque victoire, et les témoins, rassurés, firent de même avec succès, le féticheur se retourna alors vers Papa Kibandi, « c'est à vous, je vous fais passer en dernier parce que c'est vous le prétendu mangeur », Papa Kibandi s'exécuta aussitôt, triompha de l'épreuve sous le regard ébahi de Tante Etaleli tandis que les quatre témoins, stupéfiés, posaient leurs yeux sur l'accusatrice, le féticheur dit « les quatre témoins et l'homme injustement accusé vont sortir de cette case et attendre dehors, je vais vous révéler, à vous madame, qui a mangé votre fille », Tante Etaleli resta seule en face des masques à la mine cette fois-ci dégoûtée et du féticheur plongé dans une méditation interminable, les yeux fermés, et quand il les rouvrit Tante Etaleli crut que le féticheur n'était pas un aveugle, il la fixa droit dans les yeux, poussa un aboiement à l'instar d'un chien batéké, le feu s'éteignit d'un seul coup, il se mit ensuite à compter les osselets de son chapelet, à murmurer un chant que Tante Etaleli ne comprenait pas, ses yeux roulaient, cette fois-ci sans vie, son pouce et son index se saisirent d'un des plus gros osselets, il le caressa avec fébrilité, interrompit son chant, prit la main droite de la tante, lui demanda « qui est donc ce type qu'on appelle Nkouyou Matété et que je ne cesse de voir dans ma méditation, hein », Tante Etaleli eut un mouvement de sursaut, se ressaisit à temps pour bredouiller « Nkouyou Matété, vous avez dit Nkouyou Matété, hein », demanda-t-elle, « vous avez bien entendu, c'est qui ce type-là, hein, il est très fort, il me voile son visage, je ne peux cependant que déchiffrer son nom, ce type est entouré de plusieurs hommes, ils semblent se disputer, se lancer des menaces de mort », et Tante Etaleli, sceptique, bafouilla « c'est pas possible que ce soit lui, c'est quand même mon mari, c'est le père de ma défunte fille, vous voulez dire que c'est lui qui, euh, enfin, c'est pas possible, je vous dis qu'il ne peut pas manger sa propre fille, voyons », « c'est lui qui a mangé la fille, il est membre d'une association de nuit dans son village Siaki, et chaque année un des membres donne en sacrifice à la communauté des initiés un être qui lui est cher, cette saison c'était au tour de votre mari, et comme celui-ci a pour double nuisible le crocodile, c'est par l'eau que votre fille a péri, attirée dans le courant par l'animal de son père, maintenant vous avez le dernier mot, soit j'appelle les quatre témoins et votre frère que vous accusiez, soit vous optez pour le silence et gardez ma révélation pour vous », sans prendre le temps de la réflexion Tante Etaleli proposa « je veux que vous fassiez quelque chose contre mon mari, je veux que vous lui lanciez un sort, je veux qu'il meure avant mon arrivée à Siaki, c'est un salaud, une crapule, un sorcier »,

Tembé-Essouka faillit retrouver la vue sous l'emprise de la rage, « vous me prenez pour qui, hein, je n'ai jamais jeté de mauvais sort aux gens, je me contente de voir, d'aider ceux qui sont en difficulté, pour le reste allez consulter les canailles et autres charlatans de votre propre village, je ne suis pas de cette espèce-là, vous me prenez pour qui, hein », « je vous en prie, Tembé-Essouka, au moins ne dites rien à ceux qui attendent dehors, je ne veux surtout pas que mon frère le sache, je l'ai accusé à tort à cause surtout des gens de Mossaka, ils disent qu'il a un rat comme double nuisible, donc vous me comprenez, hein, mettez-vous à ma place », le féticheur se leva, pour lui la séance était terminée, et, avant de désigner la porte à Tante Etaleli, il conclut « c'est votre histoire, je ne dirai rien à personne, Tembé-Essouka a fait son travail, n'oubliez pas de refermer la porte derrière vous et de laisser quelques cauris pour les ancêtres dans la corbeille qui est à l'entrée »

le groupe quitta Lekana, les quatre témoins mitraillaient Tante Etaleli de questions, elle demeura muette comme une carpe, et puisqu'elle semblait toujours en vouloir à Papa Kibandi qui exhibait un large sourire de satisfaction, celui-ci partit dans la direction opposée, il marcha pendant deux heures, ne se retourna pas un seul instant, ce n'est que bien plus tard qu'il extériorisa sa joie, poussa la chansonnette, on l'aurait pris pour un fou, il revenait de loin, de très loin, et, comme il ne pouvait s'empêcher de revivre dans ses pensées cette scène de l'épreuve du bracelet d'argent qui venait de le blanchir, il éclata de rire, marmonna quelque chose, un peu comme s'il remerciait quelqu'un, il pénétra dans la forêt, regarda autour de lui, il n'y avait personne, même pas un oiseau, c'est alors qu'il remonta son long boubou jusqu'à la hauteur des reins, il s'accroupit comme s'il allait faire ses besoins, expira un grand coup, retint sa respiration, poussa, poussa encore, il y eut un bruit de pet, une noix de palme s'échappa de son anus, il la saisit, l'inspecta, la rapprocha de son nez, sourit en se disant « mon cher Tembé-Essouka, tu es vraiment un aveugle », Papa Kibandi avait de bonnes raisons de se payer ainsi la tête de ce féticheur réputé, il était alors devenu le premier homme à avoir trompé la vigilance d'un sorcier aussi redoutable que Tembé-Essouka, il avait tort de chanter victoire trop vite dire que le sorcier Tembé-Essouka s'était égaré, mon cher Baobab, c'était mal le connaître puisqu'il débarqua deux mois plus tard à Mossaka à la grande stupéfaction de la population, la peur envahit les cases, les animaux domestiques se planquaient à la vue de ce personnage, le sorcier avait une nouvelle à annoncer, les spéculations se multiplièrent, on se demanda surtout comment cet aveugle avait pu s'orienter seul dans la brousse, et puis on se disait qu'en réalité sa cécité était une parade puisqu'il pouvait tout voir, il fut accueilli par le chef du village comme un vrai notable, il avoua que pour la première fois sa science des ténèbres l'avait lâché, il démontra que Papa Kibandi était une menace pour le village entier, c'est alors qu'il dévoila les pratiques du vieil homme, lui attribua la plupart des décès de Mossaka, il certifia que Papa

Kibandi avait mangé jusqu'à ce jour plus de quatre-vingt-dix-neuf personnes, « je suis venu pour vous, je suis ici pour vous délivrer de ce malheur car cet homme est l'homme le plus dangereux de la région, il ne mangera pas la centième personne », dit-il, et pour accréditer ses propos il cita de mémoire, par ordre alphabétique, les noms des quatre-vingt-dix-neuf victimes, une seule d'entre elles habitait hors de Mossaka, la jeune Niangui-Boussina, Tembé-Essouka expliqua sa mort, c'était un échange entre Papa Kibandi et un initié du village Siaki qui n'était autre que l'époux de Tante Etaleli, en réalité c'était bien Papa Kibandi qui avait tout organisé, c'était lui qui avait mangé sa propre nièce, « je suis venu vous délivrer de ce diable de Papa Kibandi, c'est la première fois que je quitte ma case et laisse mes masques tout seuls, c'est clair que ce n'est pas à moi de mettre fin aux jours de cet homme-là, Tembé-Essouka ne tue jamais, il délivre, c'est à vous de voir, il vous suffit d'attraper son double nuisible qui est maintenant caché dans la forêt parce qu'il sent que son heure approche, je l'ai immobilisé grâce à mes pouvoirs, si vous mettez la main sur cet animal vous ferez alors ce que vous voudrez de son maître, vous n'aurez pas dans votre conscience la mort de cet individu puisque vous vous serez attaqués à un animal », il indiqua avec précision où se dissimulait le vieux rat, on le remercia, on lui offrit un âne blanc, un coq rouge et un sac de cauris, le sorcier refusa de passer la nuit au village, il allait rentrer à Lekana en pleine nuit, le chef du village essaya de le retenir « restez dormir ici, Vénérable Tembé-Essouka, il fait nuit, nous tenons à vous et à votre sagesse », le féticheur répondit « Honorable Chef, ces paroles me vont droit au cœur, mais sachez que pour nous autres aveugles la clarté du jour ne veut rien dire, je dois regagner ma cabane maintenant, mes masques m'attendent, ne vous en faites pas pour moi, merci pour ces présents », il saisit le coq rouge par les pattes, attacha son sac de cauris au dos de son âne, et reprit le chemin de sa contrée

le lendemain, le premier citoyen de Mossaka convoqua une assemblée extraordinaire des anciens, une décision d'urgence fut prise, il fallait capturer Papa Kibandi à son insu, on confia donc à douze gaillards la mission d'aller traquer le vieux rat dans la forêt, les gaillards s'armèrent de calibres 12 mm, de sagaies envenimées, ils encerclèrent la zone de la brousse indiquée par Tembé-Essouka, neutralisèrent les rats des parages, découvrirent au pied d'un flamboyant un trou à rats dissimulé à l'aide de feuilles mortes, ils creusèrent, creusèrent pendant une demi-heure avant de coincer l'animal sénile qui avait du mal à bouger, peut-être savait-il que son heure avait sonné, qu'il ne pouvait plus s'en tirer cette fois-ci, il dressa ses babines, montra ses incisives en signe de menace, cela n'effraya plus personne, il inspirait plutôt de la pitié, un liquide ambré dégoulinait de sa gueule, c'est alors qu'un des gaillards arma sa sagaie, la projeta vers la bête qui couina tandis que giclait un fluide aussi blanchâtre que le vin de palme, une deuxième sagaie fit voler en éclats sa cervelle, et comme si cela ne suffisait pas les douze gaillards vidèrent les balles de leurs calibres sur l'animal qui était pourtant mort depuis longtemps

lorsque les gaillards revinrent au village, ils furent surpris d'entendre l'annonce de la mort de Papa Kibandi, personne ne se rendit dans la case du défunt, le cadavre du vieil homme était étendu au salon, les yeux exorbités, retournés, et la langue, d'une couleur bleu indigo, traînait jusqu'à son oreille droite, le corps se putréfiait déjà, une odeur pestilentielle s'exhalait dans les environs, et vers la fin de la journée, alors que commençaient à tomber les ténèbres, Mama Kibandi et mon jeune maître enroulèrent le cadavre dans des feuilles de palmier, le portèrent loin dans la forêt, l'enterrèrent dans un champ de bananiers, revinrent en toute discrétion au village, préparèrent quelques affaires, décampèrent dès l'aube sans laisser de traces, ils suivirent l'horizon, échouèrent ici à Séképembé où je me trouvais déjà, je les avais précédés dès que j'avais vu errer l'autre lui-même de mon jeune maître venu m'annoncer le départ imminent de ce village du Nord, je sus ainsi qu'il fallait foncer vers le sud, vers un village nommé Séképembé, voilà comment nous sommes devenus bien malgré nous des habitants de ce village, un village d'accueil où nous aurions pourtant pu vivre une vie normale

comment Mama Kibandi a rejoint
Papa Kibandi dans l'autre monde

c'était étrange de voir mon jeune maître broyer des racines avec ses incisives plus coupantes que celles d'un être humain ordinaire, je me demandais même s'il allait consacrer son adolescence à ne plus se nourrir que de bulbes, il avait fini par accepter la mort de son père, vivre à Séképembé avec Mama Kibandi leur ouvrait d'autres horizons, être loin du Nord leur avait aussi permis d'oublier ce passé, l'image d'un Papa Kibandi neutralisé par les gens de Mossaka à l'aide du féticheur Tembé-Essouka, c'était clair que Mama Kibandi et mon maître souhaitaient désormais vivre une autre existence, je revois encore cette période où ils étaient venus s'installer ici, les habitants les accueillirent comme on aurait accueilli n'importe quels étrangers, ils leur ouvrirent les portes de Séképembé, ils logeaient dans une case en planches d'okoumé surmontée d'une toiture en paille, disons que s'ils vivaient vers les dernières habitations du village, c'était parce qu'il n'y avait plus de terrains disponibles au cœur de Séképembé, et il fallait trouver une occupation, mon maître devint un apprenti charpentier auprès d'un vieil homme à qui Mama Kibandi paya une modique somme d'argent, ce vieux charpentier devint presque un père pour Kibandi, celui-ci l'appelait « Papa », il n'avait jamais osé prononcer son vrai nom, Mationgo, cet homme lui rappelait son propre père, sans doute à cause de sa stature voûtée, de sa démarche de caméléon, « Papa » Mationgo avait vu en mon maître un être intelligent, curieux, Kibandi maîtrisait vite les subtilités de la charpenterie, le vieux n'avait pas à lui répéter dix fois la même chose, il en venait cependant à nourrir des doutes quant à cet apprenti qui, tout en suivant à la lettre ses instructions, l'étonnait chaque jour, le jeune homme révisait les méthodes surannées de « Papa » Mationgo, il grimpait sur les toitures avec une habileté singulière, le vieux fut plus que médusé lorsqu'un jour, malade, il laissa à mon maître la charge de réaliser la charpente en bois d'une ferme, le jeune Kibandi réussit à fabriquer des noues, des lattis, des liens de faîtage, des pannes faîtières, des voliges, des arbalétriers d'arêtier, de croupe, de demi-croupe, ce qui n'était pas donné à n'importe quel apprenti, et c'est même mon maître qui montra au vieux comment ériger une charpente métallique, « Papa » Mationgo n'avait jusqu'alors eu affaire qu'aux charpentes en bois, tout se passait en fait à merveille entre les deux humains, c'est plutôt moi qui vins éveiller les soupçons de « Papa » Mationgo, et je sais que le vieil homme est mort avec la certitude que son apprenti avait *quelque chose*, je me permis en effet un jour de vagabonder derrière l'atelier, mon maître était occupé à scier une planche, j'entendis « Papa » Mationgo arriver de son pas hésitant, il déboutonna son pantalon, se mit à pisser contre le mur de l'atelier, et lorsqu'il se retourna son regard croisa le mien, il se saisit alors d'une grosse pierre qui traînait à ses pieds et faillit m'abattre, la pierre n'atterrit qu'à quelques centimètres de moi, le vieux avait sa jeunesse et son adresse derrière lui, je détalai du côté de la rivière, et, quelques instants après, il confia à mon maître que les porcs-épics de Séképembé n'avaient plus peur de la gent humaine, qu'il y en avait trop, qu'il faudrait que les chasseurs s'en occupent, qu'un de ces jours il finirait par en abattre un lui-même et le mangerait avec des bananes vertes, il jura alors de fabriquer un piège pour cela, Kibandi interrompit sur le coup le sciage de la planche et lui répondit d'une voix calme « Papa Mationgo, ce n'est pas un porc-épic de Séképembé que tu as vu, crois-moi », et le vieil homme, tout d'un coup dubitatif, le toisa, remua la tête, laissa courir ses bras le long de son corps avant de poursuivre d'un air résigné « je vois, je vois, mon fils Kibandi, je vois, je m'en doutais un peu quand même, mais je ne dirai rien à personne, et de toute façon je ne suis plus qu'une épave, un déchet, je ne veux pas de problèmes avec les gens avant de quitter ce monde puisque je vais mourir d'un jour à l'autre » quelques années plus tard, avant de quitter ce monde de sa belle mort, « Papa » Mationgo laissa à mon maître ses instruments de travail, Kibandi eut le sentiment que son propre père venait de mourir une deuxième fois, en ce temps-là il était âgé de dix-sept ans, et malgré sa jeunesse les toitures n'avaient plus de secrets pour lui, il était devenu l'artisan le plus en vue du coin, c'est à lui qu'on doit d'ailleurs la plupart des charpentes des nouvelles cases de Séképembé, et quand il le fallait, généralement le jour de la fête des morts, il se rendait au cimetière pour se recueillir devant la tombe de « Papa » Mationgo, je le voyais alors sangloter comme s'il s'agissait de son propre géniteur, j'étais à quelques centaines de mètres du cimetière, je savais aussi que le bruit qui parvenait de derrière était causé par l'autre lui-même de mon maître, je ne me retournais pas de peur de fixer cette créature sans bouche, l'autre lui-même s'excitait de plus en plus, il dormait dans l'atelier, larmoyait le long de la rivière, grimpait aux arbres, il m'était arrivé de me demander comment il s'arrangeait pour manger puisqu'il n'avait pas de bouche, et, ne l'ayant jamais surpris en train de casser la croûte, j'en vins à déduire que soit c'était mon maître qui mangeait pour lui, soit cet autre lui-même devait manger par le biais d'un autre orifice, et je te laisse deviner lequel, mon cher Baobab la pauvre Mama Kibandi aura confectionné pendant douze ans des nattes qu'elle vendait à la population, une activité qui tournait bien, et les jours de marché des villages voisins comme Louboulou, Kimandou, Kinkosso ou Batalébé, la mère et le fils allaient y proposer leur marchandise, Kibandi passait les vacances dans ces coins perdus auprès des amies de Mama Kibandi, commerçantes comme elle, il me laissait seul avec son autre lui-même, je n'appréciais pas trop ces absences qui pouvaient mettre en danger notre harmonie, je ne quittais pas ma cache, je me contentais de me nourrir des vivres que l'autre lui-même de mon maître m'apportait, les jours et les nuits passaient ainsi, mes pensées se tournaient vers Kibandi, je n'avais en fait rien à craindre, j'étais au courant de ses faits et gestes durant ces absences de quelques semaines, l'autre lui-même ne me cachait rien, je sus par exemple que c'était à Kinkosso que mon maître avait connu son premier acte sexuel avec la fameuse Biscouri, une femme qui avait le double de son âge, une veuve pleine de rondeurs, au derrière encombrant et qui avait un penchant immodéré pour les puceaux, dès qu'elle en croisait un elle bondissait sur lui, ne le lâchait plus, elle était connue à Kinkosso pour cela, elle tournait alors autour du puceau, le cajolait, lui préparait à manger, lui offrait son hospitalité, certains parents encourageaient même la veuve Biscouri dans son entreprise, mais elle n'appréciait pas trop qu'on lui impose un puceau, elle préférait choisir son étalon, peu importait que celui-ci soit maigre comme mon maître, elle avait sa technique à elle pour capturer ces innocents, elle feignait d'abord une conversation dans le genre « ta mère est une brave femme, c'est une de mes amies », et elle étreignait le jeune homme, plongeait d'un geste soudain sa main entre les jambes du puceau, attrapait ses parties intimes avant de s'écrier « mon dieu, tu en as vraiment, toi, je te dis qu'avec ça tu es bien parti pour la vie », et elle en riait, rectifiait par la suite son tir « bon, je plaisantais, mon petit, allez, viens, je vais te préparer le meilleur plat de Kinkosso, le *ngul' mu mako* », on estimait toutefois que Biscouri était la solution la moins catastrophique pour inculquer à un blanc-bec les premières attitudes sexuelles, or mon maître fut déçu de cette expérience, il jugea que Biscouri l'avait paralysé par son excès d'ardeur au point qu'il était resté passif comme si on le violait, il prit après l'habitude de fréquenter les prostituées de ce coin, s'imaginant désormais que la femme n'accomplissait l'acte sexuel avec douceur que lorsqu'elle était payée, et quand il partait en vacances dans ces villages mon maître cassait sa tirelire de charpentier, il errait dans les quartiers pourris, changeait de partenaire tous les soirs, se saoulait avec ces péripatéticiennes et revenait à Séképembé les poches trouées, or Mama Kibandi n'était pas dupe, elle se doutait bien que mon maître fréquentait désormais les femmes, elle s'attendait un jour à voir son fils lui présenter une future belle-fille ou des gens venir frapper à leur porte avec une fille enceinte

je pense aussi à ce jour où Mama Kibandi surprit mon maître assis devant la porte de la case en train de lire la Bible, quelqu'un la lui avait offerte à Kinkosso, c'était un religieux qui voulait le convaincre d'emprunter les voies du Seigneur parce qu'il le surprenait dans les quartiers des filles de joie, signe que mon maître était une brebis égarée, un pécheur qu'il fallait détourner du chemin de l'enfer, Kibandi avait pris le livre et disparu avant que ce serviteur de Dieu ne découvre qu'il n'était en fait qu'un analphabète, et l'homme à la soutane n'avait pas réalisé le service qu'il venait de rendre à mon maître, celui-ci n'ouvrit pas le livre pendant plusieurs semaines, il l'avait abandonné au chevet de son lit au point que la poussière recouvrait déjà la couverture du bouquin, et un soir, pris d'insomnie, il se saisit enfin de cette bible, l'ouvrit au milieu, la rapprocha de son nez, ferma les yeux, inspira longuement, il ressentit l'odeur agréable de la page, et lorsqu'il rouvrit les yeux la lueur de la lampe-tempête illuminait les mots, les dévêtait de leur énigme, formait autour de chaque lettre une espèce de halo, et la phrase remuait, coulait telle une rivière, il ne sut pas à quel moment ses lèvres se mirent à bouger, à lire, il ne réalisa pas non plus qu'il tournait vite les pages, que ses yeux allaient de gauche à droite sans qu'il éprouve de vertiges, les mots vivaient tout d'un coup, ils représentaient la réalité, et il imagina Dieu, et il imagina ce vagabond mystérieux qu'était Jésus, il n'allait plus arrêter de lire, et les jours qui suivirent il ne dormait plus, il se ruait sur ce livre dès qu'il revenait de son atelier qu'il avait élevé derrière leur case, Mama Kibandi ne cacha pas son étonnement, l'attitude de son fils l'amusait, elle se demandait bien ce qui poussait le jeune homme à masquer de la sorte son ignorance, il ne suffisait pas d'avoir un livre entre les mains pour montrer aux autres qu'on était instruit, et elle prit cela pour de la plaisanterie dans la mesure où mon maître n'avait jamais mis les pieds à l'école, il ne pouvait donc pas lire, et, un autre jour, excédée par cette nouvelle occupation de mon maître, elle jeta un œil sur le livre qu'il parcourait, comme si elle pouvait elle-même le dévorer, son fils semblait concentré, murmurait les phrases, laissait courir son index droit sur les lignes de la page, c'est sans doute ce jour-là qu'elle comprit que Kibandi ne pouvait que posséder un double et que son père lui avait finalement fait boire le *mayamvumbi* à Mossaka

mon maître ne pouvait plus se passer des lectures, il ramenait dorénavant à la maison toutes sortes de livres qu'il achetait dans les marchés des villages voisins, il les rangeait dans un coin de son atelier, il y en avait aussi dans sa chambre, il se constituait ainsi une petite bibliothèque, la plupart des livres n'avaient plus de couverture, d'autres ne possédaient ni les premières pages ni les dernières, il passait des heures dans la bibliothèque de l'église Saint-Joseph du village de Kimandou, et, quand il n'allait pas à l'atelier ou dans un village voisin pour un chantier, il restait la journée entière à bouquiner, c'est à cette époque que j'ai également commencé à distinguer les caractères qui défilaient dans mes pensées, les mots, c'était amusant de constater la forme des lettres, de découvrir que la parole pouvait être gravée quelque part, je pouvais désormais réciter ce que lisait mon maître, je m'étais plusieurs fois surpris en train de monologuer, et puis, j'en étais arrivé à la conclusion que les hommes avaient pour une fois une longueur d'avance sur nous autres les animaux puisqu'ils pouvaient consigner leurs pensées, leur imagination sur du papier, c'est encore en ce temps-là que ma curiosité me poussa à sortir de ma cache, je m'introduisis dans l'atelier de mon maître alors que celui-ci était avec sa mère au marché de Séképembé, je me jetai donc sur la pile des livres, je voulais être sûr que j'étais capable de reconnaître ces mots qui voltigeaient dans mon esprit comme de petites libellules aux ailes argentées, et j'ouvris au hasard les pages de la bible que mon maître avait déposée près de ses outils de travail comme pour les sacrer, je lus plusieurs chapitres, je découvris des histoires extraordinaires comme celles dont je t'ai parlé au début de mes confessions, je tombai aussi sur d'autres livres, je n'avais pas besoin de les lire tous, mon maître le ferait à ma place, je décampai avant la tombée de la nuit, autrement Kibandi et sa mère m'auraient surpris, et je ne sais pas ce qui se serait alors passé il faut que je trouve les mots justes pour t'expliquer comment Mama Kibandi souffrait du cœur, elle n'avait jamais voulu que son fils soit au courant de cette maladie, mon maître ne le sut qu'à Séképembé, la maladie s'empira après notre douzième année de résidence ici, Mama Kibandi frôlait le pire à chaque crise, elle demeurait immobile pendant des heures, ouvrait soudain les yeux au moment où on aurait parié qu'elle avait enfin rendu l'âme, elle retenait sa respiration, expirait un coup sec, murmurait des paroles du genre « cette putain de maladie n'aura pas ma peau, ah non, je suis une saine, mes ancêtres me protègent, je prononce tous les jours et toutes les nuits leur nom, je pense à Kong-Dia-Mama, à Moukila-Massengo, à Kengué-Moukila, à Mam' Soko, à Nzambi Ya Mpungu, à Tata Nzambi, ils me donneront un cœur neuf, un cœur qui bat plus vite que la pourriture que je couve dans ma cage thoracique », mais que pouvaient les ancêtres devant un cœur qui patinait, cafouillait, ralentissait de rythme, que pouvaient-ils devant ce muscle vital qui s'était contracté, qui ne fournissait plus de sang qu'à une moitié de son corps, les ancêtres n'y pouvaient rien, mon cher Baobab, ils pouvaient à la rigueur venir à bout d'une fièvre, d'une chaude-pisse, d'une bilharziose, d'une plaie, d'un mal de tête, le cœur était une autre affaire, Mama Kibandi le savait, elle s'épuisait au moindre effort, elle n'allait plus vendre ses nattes depuis plus d'une année, mon maître arrêta de travailler lui aussi, et lorsque je m'introduisais dans l'atelier je remarquais les toiles d'araignée, les livres qui prenaient la poussière, les outils de travail rangés depuis dans un coin, c'était dire que Kibandi n'était plus monté sur le faîte d'une maison depuis de longs mois, Mama Kibandi l'incitait à reprendre son activité, mon maître l'écoutait à peine, il ne se rendait plus chez les prostituées de Kinkosso, il surveillait de très près sa mère, il lui faisait boire des mixtures qui, à la longue, avaient fini par rougir ses lèvres, Kibandi ne bougea plus de la case jusqu'au jour où sa mère alla rejoindre Papa Kibandi dans l'autre monde, or bien des semaines avant, comme si elle était au courant de la date et de l'heure exactes de son voyage, sans doute parce qu'elle s'étonnait du comportement étrange de son fils devenu soudain un lecteur assidu, on aurait dit un vrai lettré, elle rappela à mon maître de ne pas lui désobéir, de ne pas suivre le chemin du défunt Papa Kibandi au risque de finir un jour comme lui, et le jeune homme fit la promesse, jura trois fois au nom des ancêtres, le mensonge était gros, sans doute aurait-il valu mieux qu'il lui dise la vérité parce qu'à l'instant où il jura sur la tête de ses aïeux un des pets les plus sonores qu'il n'avait jamais libérés s'échappa de ses fesses, et ils durent, la mourante et lui, se boucher les narines, une puanteur de cadavre se répandit dans la pièce au point qu'ils laissèrent la porte et les fenêtres ouvertes pendant trente jours et trente nuits, l'exhalaison ne se dissipa que le jour de la mort de la vieille femme, ce lundi de grisaille, un lundi où même les mouches avaient de la peine à voler, Séképembé semblait désert, le ciel était bas, si bas qu'un être humain pouvait y détacher quelques grappes de nuages sans lever le bras, et puis, vers le coup de onze heures du matin, un troupeau de moutons squelettiques venu d'on ne sait où fit le tour de l'atelier de mon maître, s'arrêta devant leur case, recouvrit la cour d'excréments diarrhéiques avant de s'orienter en file indienne vers la rivière après que le plus âgé d'entre eux eut poussé une plainte d'animal égorgé à l'abattoir, Kibandi se rua dans la chambre de sa mère, il la découvrit inanimée, les traits du visage crispés, la main droite posée sur le sein gauche, sans doute avait-elle compté les derniers battements de son cœur avant de fermer les yeux pour toujours, mon maître courut dans tout Séképembé comme un fou pour annoncer la nouvelle, Mama Kibandi fut enterrée à un endroit réservé aux étrangers, il y eut quelques personnes présentes lors des funérailles, mais pas assez car elle et son fils étaient encore perçus par les villageois comme « des gens venus d'ailleurs, sortis du ventre de la montagne » même s'ils résidaient là depuis plusieurs lustres, et, mon cher Baobab, d'après ce que je sais, connaître le passé est essentiel dans le rapprochement des hommes, ce n'est pas comme ce que j'ai constaté dans notre monde à nous, encore qu'un groupe d'animaux bien établi verrait d'un mauvais œil l'invasion d'une bête étrangère, je sais d'expérience que les animaux aussi sont organisés, ils ont leur territoire, leur gouverneur, leurs rivières, leurs arbres, leurs sentes, il n'y a pas que les éléphants qui possèdent un cimetière, tous les animaux tiennent à leur univers, or chez les cousins germains du singe, c'est bizarre, un vide, une ombre, une ambiguïté sur le passé engendrent de la méfiance, voire le rejet, c'est pour cela qu'il n'y eut pas beaucoup d'habitants à l'enterrement de Mama Kibandi dont le corps demeura trois jours et trois nuits sous un hangar en feuilles de palmiers construit par mon maître près de son atelier

mon cher Baobab, je voudrais que tu gardes au moins de Mama Kibandi une image de femme courageuse, une femme qui aimait son enfant, une femme humble qui a vécu dans ce village, une femme qui a aimé ce village et qui passait des journées entières à tisser ses nattes, une femme qui ne trouvera peut-être pas le sommeil dans l'autre monde parce que mon maître n'a pas tenu sa parole, Kibandi allait maintenant vivre seul ici, il décida de reprendre son métier de charpentier, je traînaillais près de son atelier, je l'entendais manier les outils avec rage, scier les planches avec fougue, je le voyais partir pour le village voisin, travailler dans un chantier, rentrer le soir, s'étaler dans son lit, ouvrir les pages d'un livre, et dans cette case silencieuse on pouvait deviner l'ombre de Mama Kibandi, surtout lorsqu'un chat miaulait très tard dans la nuit ou qu'un fruit tombait dans la rivière, l'autre lui-même de mon maître me rendait de plus en plus visite, il me tournait le dos comme d'habitude, j'apercevais une silhouette triste, perdue, je savais maintenant que nous étions proches, très proches du début de nos activités, nous pouvions désormais les commencer, Mama Kibandi n'étant plus là pour que mon maître éprouve encore quelques réticences

comment le vendredi dernier
est devenu un vendredi de malheur

je voudrais te parler de ce jour où Kibandi était revenu de la tombe de sa mère, ce jour où je décidai d'aller tourner autour de sa case vers le coup de dix heures du soir, l'autre lui-même de mon maître m'avait hanté tout l'après-midi, je l'entendais courir de partout, remuer la végétation, plonger dans la rivière, disparaître un moment, revenir une demi-heure plus tard, je savais que cet autre lui-même m'adressait un message, l'heure de notre première activité avait donc sonné, je m'agitais dans ma cache, je ne tenais plus en place, Kibandi voulait me voir, me sentir, et alors, parvenu près de l'atelier alors que la nuit était si noire que je ne voyais pas plus loin que le bout de mon museau, je constatai qu'il n'y avait pas de lumière dans la case, d'ordinaire mon maître lisait jusqu'à très tard dans la nuit, je remarquai aussi que la porte était à moitié ouverte, je pus m'y glisser doucement pour découvrir Kibandi allongé sur la dernière natte que sa mère avait tressée, une natte à moitié achevée et à laquelle il tenait plus que tout, je me mis à ronger ses ongles, à ronger aussi ses talons, comme il appréciait ces gestes d'affection il se réveilla, se mit debout, je le vis s'habiller, me tourner le dos afin que je ne voie pas son sexe, et c'est en traversant la petite pièce qui servait de salon que je tombai sur son autre lui-même couché par terre, nous quittâmes la case tandis que l'autre lui-même se déplaçait pour aller s'étendre sur la dernière natte tissée par Mama Kibandi, je progressais à petites pattes derrière mon maître qui avançait les yeux à moitié fermés, on aurait dit un aveugle, et nous arrivâmes à quelques centaines de mètres de la concession du briquetier Papa Louboto, mon maître s'assit au pied d'un manguier, je le vis trembloter, se parler, se toucher le ventre comme s'il éprouvait des douleurs, « vas-y maintenant, c'est à toi », me dit-il, il montrait du doigt la case à l'autre bout de la concession, et comme j'hésitais il répéta son ordre de façon plus autoritaire, je m'exécutai, et une fois derrière la case je découvris un trou béant, sans doute l'œuvre des rongeurs des environs, je l'empruntai sans tergiverser, débouchai dans la chambre à coucher de la fille de

Papa Louboto, la jeune Kiminou, c'était une adolescente à la peau claire, le visage rond, on racontait qu'elle était la plus belle fille de Séképembé, quatre prétendants avaient déposé leur candidature de mariage auprès du père et n'attendaient plus que l'année suivante lorsque la fille serait devenue majeure et que Papa Louboto aurait exprimé son choix définitif, la jeune Kiminou était devant moi, je contemplai un moment sa beauté, le pagne recouvrait à peine ses hanches, sa poitrine était à ma portée, je ressentis une espèce de désir violent, pressant, j'eus peur de mes propres parties génitales, moi qui n'ai jamais fait des saletés avec une femelle, même pas avec une de ma propre espèce, je te jure, d'ailleurs cela ne m'avait à aucun moment démangé, je n'y pensais pas à la différence de certains membres de notre groupe de l'époque qui se livraient à ces basses choses quand le vieux gouverneur avait le dos tourné, ils étaient plus âgés que moi, ces compères, et puis voilà que le jour de cette première mission il y avait une excroissance soudaine entre mes pattes de derrière, mon sexe qui se durcissait, j'avais jusqu'alors cru qu'il ne me servait qu'à pisser comme mon rectum me servait à déféquer, je fus saisi de honte, et je te jure que je ne sais même pas jusqu'à présent ce que je pourrais faire si je me retrouvais en face d'un porc-épic de sexe opposé qui me ferait des avances ou des appels de patte dans ce sens, je dois peut-être ma virginité à mon destin de double, et quand les autres membres de notre communauté fricotaient avec les femelles tout se passait pour moi comme si j'assistais à une scène immonde, c'était laborieux, mais ils arrivaient à leurs fins, ils couinaient, gémissaient, s'agrippaient aux piquants de leurs partenaires, je me demandais alors ce qu'ils éprouvaient lorsqu'ils gesticulaient de la sorte comme s'ils étaient atteints d'épilepsie, et en plus, que je te dise, le bruit que causaient les frottements de leurs piquants m'agaçait, or les compères semblaient prendre du plaisir avant de pousser un long râle et de tomber dans un état d'étourdissement tel que même un bambin qui pisse encore dans son berceau pouvait les capturer à mains nues, et donc, c'est le jour de cette première sortie que je découvris que, si mon sexe demeurait indifférent aux attraits d'un porc-épic femelle, il réagissait aussitôt à la vue de la nudité d'un être humain de sexe féminin, ma mission ne consistait cependant pas à tenter quelque expérience avec cette fille, c'est pour cela qu'après avoir tergiversé je balayai ces idées qui me traversaient l'esprit, je me disais que je n'étais pas fait pour ces choses, que ces choses se pratiquaient entre membres d'une même espèce, et alors, afin de mieux chasser ces idées de ma tête, je pensai à autre chose, à l'objectif de ma mission, je me demandai ce qui avait poussé mon maître à s'en prendre à la belle Kiminou, sans doute à cause de ce corps à la silhouette parfaite, et, une fois de plus, j'écartai d'un revers de patte ces questionnements au risque d'être faible au moment où j'allais passer à l'action, mais au fond, même si je m'efforçais de faire le vide dans ma cervelle, je me mis toutefois à réfléchir, et je me rappelai que Kibandi faisait partie des quatre candidats au mariage, sa demande avait tant fait rire le village que mon maître regrettait son acte, je l'avais vu discuter deux ou trois fois avec ce Papa Louboto vers la place du marché, un jour ils avaient bu du vin de palme ensemble, ce type avait parlé avec émotion de Mama Kibandi, il avait dit « c'était une femme bien, même après des années et des années tout le village s'en souviendra, crois-moi, tu peux être fier d'elle, et je sais qu'elle te protège », il n'y avait aucune sincérité dans sa voix, en plus Kibandi se souvenait encore que Papa Louboto ne s'était pas pointé aux funérailles de sa mère, donc il feignait d'être gentil à l'égard de mon maître dans l'espoir de recevoir les présents d'un soupirant dont il rejetterait la demande lorsque le moment serait venu, et puis, quand tous ces candidats avaient fini de discuter avec le potentiel beau-père, chacun d'eux repartait avec la conviction d'être l'homme de la situation, le mari à qui Papa Louboto donnerait sa fille les yeux fermés, or mon maître n'était pas dupe, il savait qu'il n'aurait aucune chance, il donnait pourtant à cet escroc tout ce qu'il possédait, tout ce que sa mère lui avait légué, des nattes de festivités, des paniers de noix de palme, ses économies de charpentier, il avait aussi refait la toiture de cet homme sans lui demander un sou, et on pouvait lire dans le regard de Papa Louboto une espèce d'attente inextinguible, il crânait dans le village, c'est lui qui rapportait que Kibandi était laid comme une punaise, maigre comme un clou de cadre de photo, il ajoutait qu'une femme digne de ce nom n'accepterait jamais la demande de mon maître qui pouvait toujours rêver, qu'il allait le ruiner, lui prendre jusqu'à ses caleçons, ses contre-sueurs, ses sandales en caoutchouc, sans doute étaient-ce la frustration et la révolte qui avaient conduit mon maître à vouloir s'occuper de cette famille parce que, je dois le préciser, mon cher Baobab, pour qu'un être humain en mange un autre il faut des raisons concrètes, la jalousie, la colère, l'envie, l'humiliation, le manque de respect, je te jure que nous n'avons en aucun cas mangé quelqu'un juste pour le plaisir de le manger, et donc, en cette nuit mémorable, la jeune Kiminou dormait comme un ange, elle avait les bras croisés sur la poitrine, je respirai un coup avant d'armer un de mes piquants les plus fermes, puis de le projeter en plein sur sa tempe droite, elle n'eut pas le temps de réaliser ce qui lui arrivait, je lançai de nouveau un autre piquant, elle frissonna, se débattit en vain, elle était paralysée, je me rapprochai d'elle, je l'entendis murmurer des paroles sans queue ni tête, je me mis alors à lécher le sang qui dégoulinait de sa tempe, je vis comme par enchantement disparaître le trou laissé par mes deux piquants, et il n'y aurait donc aucune trace visible pour ceux qui ne seraient pas dotés de quatre yeux, je fis un tour dans l'autre chambre où dormaient les parents de la jeune fille, le père ronronnait comme une vieille automobile, la mère avait le bras gauche qui pendait du lit, je n'avais pas pour mission de m'occuper d'eux, je repoussai donc la voix qui me susurrait de projeter deux ou trois piquants dans les tempes du père et de la mère de Kiminou

le lendemain, la stupeur gagna tout Séképembé, Kiminou était bien morte, si on s'accordait qu'elle avait été mangée, on parla plutôt d'une rivalité entre les lignées maternelle et paternelle de la défunte, il y eut une bagarre entre ces deux lignées, on sortit des coupe-coupe, des sagaies, des pioches, le chef de Séképembé réussit à apaiser les deux camps, il proposa qu'on procède le jour des funérailles à la fameuse épreuve du cadavre qui déniche son malfaiteur, Kibandi s'y attendait un peu, mon cher Baobab, il s'y était préparé en conséquence, Papa Kibandi lui avait enseigné comment contourner ces choses, mon maître avait alors enfoui une noix de palme dans son rectum comme à l'époque où son géniteur essaya de tromper la vigilance du féticheur Tembé-Essouka, et le cadavre de la jeune Kiminou alla plutôt désigner comme coupable un des autres candidats au mariage, ce pauvre innocent qu'on enterra vivant avec la défunte, sans autre forme de procès, parce que c'était l'usage

mon cher Baobab, l'épreuve du cadavre qui déniche son malfaiteur est redoutée par tout le monde, c'est un rite répandu dans la région, chaque fois qu'il y a un mort ici les villageois s'empressent d'y recourir, il n'y a pas de mort naturelle dans leur esprit, seul le défunt peut dire aux vivants qui a été à l'origine de sa disparition, tu veux sans doute savoir comment les choses se déroulent, eh bien, quatre gaillards portent le cercueil sur leurs épaules, un féticheur désigné par le chef du village se saisit d'un bout de bois, frappe trois coups sur la bière et demande au cadavre « dis-nous qui t'a mangé, montre-nous dans quelle case ce malfaiteur habite, tu ne peux pas t'en aller comme ça dans l'autre monde sans te venger, alors, bouge, cours, vole, traverse les montagnes, les plaines, et si ce malfaiteur habite au-delà de l'Océan, et s'il habite avec les étoiles, nous irons jusqu'à lui pour qu'il paye le mal qu'il t'a fait à toi et à ta famille », le cercueil se met tout d'un coup à bouger, les quatre gaillards qui le portent sur les épaules sont comme entraînés dans une danse endiablée, ils ne ressentent plus le poids du cadavre, ils courent à gauche et à droite, souvent la bière les entraîne au milieu de la brousse, les ramène au village dans une course vertigineuse, et les gaillards marchent sur des épines, sur des tessons sans éprouver de douleurs, sans se blesser, ils pénètrent dans l'eau sans se noyer, ils traversent des feux de brousse sans se brûler, et d'ailleurs une fois des Blancs sont venus ici pour observer cette pratique en vue de la raconter dans un livre, ils s'étaient présentés comme étant des ethnologues, ils avaient eu du mal à expliquer à certains abrutis de Séképembé à quoi servait un ethnologue, moi j'avais bien ri parce que, pour aller plus vite, nom d'un porc-épic, j'aurais pu dire à ces imbéciles que les ethnologues sont des gens qui racontent des choses au sujet des mœurs des autres hommes qu'ils considèrent comme des curiosités par rapport à leur propre culture, c'est tout, mais un des Blancs se risqua à démontrer aux pauvres égarés d'esprit de ce village que le mot « ethnologie » venait du grec *ethnos* et voulait dire « peuple », donc les ethnologues étudiaient les peuples, les sociétés, leurs coutumes, leur manière de penser, de vivre, il précisa que si le mot « ethnologue » gênait certains, on pouvait simplement dire « anthropologue social », ce qui avait encore semé la confusion, et on avait continué plutôt à penser qu'ils étaient des sans-emploi dans leur pays ou bien qu'ils venaient poser des antennes paraboliques dans le village afin de surveiller les gens, et donc ils étaient arrivés ici, ces Blancs ethnologues ou anthropologues sociaux, ils avaient attendu que quelqu'un meure, et par chance pour eux un individu avait été mangé ici, non pas par mon maître, mais par un autre type qui avait pour double nuisible la musaraigne, les ethnologues dirent d'une seule voix « super, nous avons notre macchabée, il est à l'autre bout du village, l'enterrement c'est demain, on va enfin terminer ce putain de bouquin», et ils demandèrent à porter eux-mêmes le cercueil sur leurs épaules parce qu'ils étaient persuadés que quelque chose ne tournait pas rond dans cette pratique, qu'en réalité c'étaient les gaillards chargés de colporter le cercueil qui le remuaient dans le dessein d'accuser à tort les gens, mais la question de la participation des Blancs à ce rite divisa le village, quelques féticheurs ne souhaitaient pas que des étrangers se mêlent des affaires de Séképembé, finalement le chef du village joua les diplomates, il jura que les rites des ancêtres marcheraient même en présence des Blancs parce que les ancêtres du village sont plus forts que les Blancs, et il convainquit tout le monde que c'était une chance que ces gens venus d'ailleurs assistent à l'épreuve, en plus ils parleraient de Séképembé dans leur livre, le village serait connu dans le monde entier, beaucoup de peuples d'autres contrées s'inspireraient de ces coutumes pour la gloire des aïeux, et le mécontentement se dissipa, il se mua en une fierté collective, on frôla une bagarre lorsque l'heure fut venue de choisir parmi les douze féticheurs du village celui qui superviserait le rite, tous voulaient maintenant travailler avec les Blancs alors qu'une telle idée était irrecevable quelques heures plus tôt, et chaque féticheur vantait désormais son arbre généalogique, or il n'en fallait qu'un seul parmi eux, le chef du village rassembla douze cauris, il marqua une petite croix sur l'un d'eux, les mit dans une corbeille, les remua et demanda à chaque féticheur de fermer les yeux avant de plonger la main dedans et de tirer un cauri au hasard, celui qui tomberait sur le cauri marqué aurait l'honneur de diriger le rite, le suspens alla jusqu'au onzième cauri qu'un féticheur qui repoussait sans cesse son tour tira sous les regards envieux de ses collègues, et alors, à la fin de ces tractations, les ethnologues ou anthropologues sociaux soulevèrent enfin le cercueil devant les éclats de rire des villageois qui ne craignaient plus d'humilier leur cadavre en affichant une telle hilarité, et le féticheur, retenant lui aussi un fou rire, frappa trois coups secs à l'aide de son bout de bois, il eut du mal à trouver ses mots afin de supplier le cadavre d'aller désigner son malfaiteur, mais le trépassé comprit ce qu'on attendait de lui d'autant que, dans ses propos, le féticheur ajouta « ne nous fait surtout pas honte devant ces Blancs qui sont venus de loin et qui prennent nos coutumes pour de la simple rigolade », le cadavre ne se fit pas prier deux fois, une petite pluie commença à tomber, et lorsque le cercueil se mit à bouger à l'avant par petits bonds de bébé kangourou, les ethnologues qui étaient derrière crièrent « mais dites donc chers confrères, arrêtez de bouger ce putain de cercueil, laissez-le se déplacer s'il peut vraiment se déplacer, merde », et les autres ethnologues leur répondirent « arrêtez de déconner, les gars, c'est vous qui le bougez, merde », le cadavre s'excita, accéléra son rythme, entraîna les anthropologues sociaux dans un champ de lantanas, les ramena au village, les poussa jusqu'à la rivière, les ramena de nouveau au village avant d'arrêter sa course effrénée devant la case du vieux Mouboungoulou, et, prenant de l'élan, le cercueil défonça la porte de la case, pénétra à l'intérieur de la demeure du coupable, une vieille musaraigne qui puait comme un putois s'échappa de l'habitation, tournoya autour d'elle-même au milieu de la cour, fonça droit vers la rivière, le cercueil la rattrapa avant le premier bosquet, s'écrasa sur elle, c'est ainsi que mourut le vieux Mouboungoulou, mon cher Baobab, et il paraît que ces Blancs ont écrit un gros livre de plus de neuf cents pages pour raconter cette histoire, je ne sais pas si le village de Séképembé est devenu célèbre dans le monde entier, toujours est-il qu'il y a eu d'autres Blancs qui sont passés par ici rien que pour vérifier ce que les premiers avaient écrit dans leur livre, plusieurs d'entre eux sont repartis bredouilles parce que les habitants dotés de doubles nuisibles se méfiaient d'eux, et puis tout se passait comme si les gens ne mouraient plus dès qu'il y avait des Blancs dans les parages, il était arrivé que certains cadavres boudent le rite, refusent de jouer le jeu ou que des villageois laissent comme dernières volontés à leur famille de ne surtout pas soumettre leur cadavre à ce rite en présence des Blancs qui risqueraient de ternir leur réputation dans le monde entier, tu comprends donc que cette tradition est maintenant pratiquée avec beaucoup de prudence ici, mais au fond, que je te dise, mon cher Baobab, la raison la plus crédible vient d'un type qu'on appelait Amédée, si je parle de lui au passé, c'est qu'il n'est plus de ce monde, paix à son âme, il était ce que les humains appellent un lettré, un homme cultivé, il avait fait de longues études, on le respectait pour cela, en plus il avait beaucoup voyagé, il était monté à plusieurs reprises dans l'avion, cet oiseau bruyant qui déchire le ciel et manque chaque fois de trancher ton faîte, il paraît qu'Amédée était le plus intelligent des gens du Sud, pour ne pas dire du pays entier, eh bien, nous l'avions quand même mangé comme tu l'apprendras bientôt, c'est donc lui qui avait prétendu que le livre que les premiers Blancs avaient écrit sur cette question avait paru en Europe et était traduit dans plusieurs langues, il affirmait que cet ouvrage était devenu une référence incontournable pour les ethnologues, et Amédée qui l'avait parcouru n'avait pas ménagé ses critiques, *« jamais je n'ai lu une telle imposture, que vous dire de plus, hein, c'est un livre honteux, c'est un livre humiliant pour les sociétés africaines, c'est un tissu de mensonges de la part d'un groupe d'Européens en quête d'exotisme et qui souhaitent que les Nègres continuent à s'habiller en peaux de léopards et à habiter dans les arbres »* la brise s'élève à présent, tes feuilles me tombent dessus, c'est une sensation agréable, ces petits détails me permettent désormais d'apprécier l'allégresse de vivre, et lorsque je regarde vers le ciel je me dis que tu as eu une sacrée chance, toi, de vivre dans un lieu paradisiaque, tout est vert ici, tu es au-dessus d'une colline, tu domines le voisinage, les arbres alentour se prosternent tandis que tu contemples les humeurs du ciel avec l'indifférence de celui qui a tout vu durant son existence, les autres espèces végétales sont semblables à des nains de jardin à tes côtés, tu gouvernes du regard la flore entière, j'entends la rivière couler d'ici, échouer sur la rocaille un peu plus bas, rares sont les gens de Séképembé qui s'aventurent en ces lieux, on abattrait toutes les essences de cette brousse, on ne te toucherait jamais grâce au respect que les villageois vouent aux baobabs, je sais que cela n'a pas toujours été ainsi, je sais qu'on a dit des choses te concernant, je peux les lire à travers les nervures de ton écorce, certaines sont des cicatrices, il y a eu des fous du village qui ont essayé de mettre fin à tes jours, et dans leur folie destructrice, nom d'un porc-épic, ils ont voulu te réduire en bois de chauffe, ils ont cru que tu bouchais l'horizon, que tu cachais la lumière du jour, et ils n'y sont pas parvenus parce que leur scie a plié devant ta résistance légendaire, et puis ils se sont contentés des okoumés qu'ils utilisent comme planches pour fabriquer à la fois leurs cercueils et leurs maisons, ce bois que mon maître utilisait aussi pour édifier des charpentes, et il y a des villageois qui pensent que tu es doté d'une âme, que tu protèges la région, que ta disparition serait préjudiciable, fatale pour la contrée, que ta sève est aussi sacrée que l'eau bénite de l'église du village, que tu es le gardien de la forêt, que tu as toujours existé depuis la nuit des temps, c'est peut-être pour cela que les féticheurs utilisent ton écorce pour guérir les malades, d'autres affirment que te parler c'est s'adresser aux ancêtres, *« assieds-toi au pied d'un baobab et, avec le temps, tu verras l'Univers défiler devant toi »*, nous disait parfois notre vieux porc-épic, celui-ci rapportait que jadis les baobabs pouvaient parler, répondre aux humains, les punir, les fouetter à l'aide de leurs branches lorsque ces cousins germains du singe se liguaient contre la flore, et en ce temps-là, poursuivait-il, les baobabs pouvaient se déplacer d'un endroit à un autre, choisir un lieu plus confortable afin de mieux s'enraciner, certains d'entre eux venaient de loin, de très loin, ils croisaient d'autres baobabs qui allaient dans la direction opposée parce qu'on a toujours tendance à croire que la terre étrangère est meilleure que celle qui nous a vus naître, que la vie est plus supportable ailleurs, et moi j'imagine cette époque de grande errance, cette époque où l'espace n'était pas un obstacle, aujourd'hui personne ne donnerait de crédit aux propos de notre gouverneur, quel homme gonflé de raison, encrassé de préjugés s'imaginerait qu'un arbre dont les racines sont implantées une bonne fois pour toutes dans la terre pourrait se déplacer, hein, l'homme incrédule rétorquerait de suite « et pourquoi pas les montagnes pendant que nous y sommes, hein, elles peuvent aussi se balader, les montagnes, se serrer la pince entre elles dans un carrefour, discuter de la pluie et du beau temps, s'échanger leurs adresses, se donner les nouvelles respectives de leurs familles, c'est des balivernes tout ça », moi j'y crois, pour une fois je donne raison à notre gouverneur, ce ne sont pas des légendes, ce ne sont pas des balivernes qu'il nous racontait, il avait bien raison, et je sais que toi aussi tu as dû te déplacer, que tu as dû fuir les contrées menacées par le désert, les régions où il pleut au compte-gouttes, tu as quitté ta famille, tu t'es rapproché de zones pluvieuses, et ce n'est pas un hasard si tu as choisi l'endroit le plus fertile de ce pays, j'ignore s'il y a un autre baobab dans les parages, j'aimerais tant remonter ta généalogie, savoir de quel arbre tu descends et dans quel lieu vécurent tes premiers ancêtres, mais peut-être me suis-je un peu éloigné de mes propres confessions en parlant de toi, hein, c'est encore ma part humaine qui s'est exprimée, en effet j'ai appris des hommes le sens de la digression, ils ne vont jamais droit au but, ouvrent des parenthèses qu'ils oublient de refermer je n'aime pas ce type d'homme comme ce jeune lettré qu'on appelait Amédée et que nous avions mangé, il avait à peine la trentaine, et c'est lui qui avait lu le livre que les ethnologues ou anthropologues sociaux avaient écrit sur la pratique du cadavre qui déniche son malfaiteur, je t'en parle parce que s'il y a un être dont je ne regrette même pas la disparition, c'est bien ce jeune homme, il était prétentieux, un m'as-tu-vu de la première espèce qui se prenait pour le plus intelligent de ce village, de cette région, voire de ce pays, il portait des costumes en tergal, des cravates scintillantes, des chaussures des gens qui travaillent dans les bureaux, ces endroits de paresse où les hommes s'asseyent, font semblant de lire des papiers, remettent à demain ce qu'il faut entreprendre le jour même, Amédée marchait le buste en avant, simplement parce qu'il avait fait de longues études, simplement parce qu'il avait été dans les pays où il neige, je te dis que lorsqu'il arrivait à Séképembé pour rendre visite à ses parents les jeunes filles en chaleur lui couraient après, même les femmes mariées trompaient leur époux, elles lui apportaient à manger en cachette derrière la case de son père, elles lui lavaient son linge sale, le type accomplissait ces basses choses partout avec ces dames mariées et ces jeunes filles en chaleur, il les faisait dans la rivière, dans l'herbe, dans les champs, derrière l'église, près du cimetière, je n'en croyais pas mes yeux, c'est vrai qu'il était beau, athlétique, il passait d'ailleurs son temps à entretenir cette beauté avec des gestes d'un être humain de sexe féminin, jamais on n'avait vu une telle coquetterie dans ce village, et lorsqu'il allait se baigner dans la rivière il s'y mirait pendant longtemps, s'enduisait d'essences parfumées, regardait avec satisfaction son image se réfléchir sur l'onde apaisée et presque complice de cette coquetterie, alors Amédée se disait qu'il était beau, très beau, et un jour il avait failli se noyer car, afin de mieux contempler sa silhouette entière, il avait posé ses pieds sur une pierre recouverte de mousse, et hop, nom d'un porc-épic, il trébucha, se retrouva dans l'eau, mais, Dieu merci pour lui, il savait nager et regagna l'autre rive en deux temps trois mouvements, il avait ri comme un crétin, les baigneurs l'applaudirent, et pour célébrer ce jour où il frôla de peu la mort il cueillit un hibiscus rouge, le jeta dans la rivière, le vit suivre le courant, disparaître dans un entrelacement de fougères et de nénuphars, c'est pour cela que les gens de ce village ne disent plus « hibiscus rouge » en parlant de cette fleur, ils l'appellent *« la fleur d'Amédée »*

le pire c'est qu'Amédée critiquait à haute voix le comportement des personnes âgées, il les traitait de vieux cons, d'ignorants, d'idiots, il n'y avait que ses propres parents qui étaient épargnés parce que, disait-il, si ses parents avaient eu la chance d'aller à l'école, ils auraient été aussi intelligents que lui puisqu'il leur devait son intelligence, et quand le jour se levait notre prétentieux s'asseyait au pied d'un arbre, lisait des livres épais écrits en tout petit, pour la plupart des romans, oh tu n'as à coup sûr jamais vu un roman, personne n'est venu peut-être en lire un à ton pied, tu n'auras rien perdu, mon cher Baobab, mais pour simplifier les choses et ne pas te polluer l'esprit, je dirai que les romans sont des livres que les hommes écrivent dans le but de raconter des choses qui ne sont pas vraies, ils prétendent que ça vient de leur imagination, il y en a parmi ces romanciers qui vendraient leur mère ou leur père pour me voler mon destin de porc-épic, ils s'en inspireraient, écriraient une histoire dans laquelle je n'aurais pas toujours le meilleur rôle et passerais pour un animal aux mauvaises mœurs, je t'assure que les êtres humains s'ennuient tellement qu'il leur faut ces romans pour s'inventer d'autres vies, et dans ces livres, mon cher Baobab, en s'y plongeant, on peut parcourir le monde entier, quitter la brousse en un clin d'œil, se retrouver dans des contrées lointaines, on peut croiser des peuples différents, des animaux étranges et même des porcs-épics qui ont un passé plus compromettant que le mien, j'étais souvent intrigué lorsque je me cachais dans un buisson pour écouter Amédée parler aux jeunes filles des choses qu'il y avait dans ses livres à lui, et les filles le regardaient avec plus de respect et de considération parce que, chez ces cousins germains du singe, quand on a beaucoup lu, on a le droit de se vanter, de prendre les autres pour des moins que rien, et ces gens qui ont beaucoup lu parlent sans cesse, ils citent surtout des choses contenues dans les livres les plus difficiles à comprendre, ils veulent que les autres hommes sachent qu'ils ont lu, Amédée racontait donc à ces pauvres jeunes filles l'infortune d'un vieil homme qui allait pêcher en haute mer et qui devait lutter seul contre un gros poisson, ce poisson était à mon avis un double nuisible d'un pêcheur qui jalousait ce vieux et son expérience, notre jeune homme lettré parlait aussi d'un autre vieil homme qui aimait lire des romans d'amour et qui allait aider un village à neutraliser un fauve semant la terreur dans toute la région, je suis certain que ce fauve était un double nuisible d'un villageois de ce pays lointain, c'est toujours Amédée qui leur racontait à plusieurs reprises l'histoire d'un gars qui se déplaçait sur un tapis volant, d'un patriarche qui créa un village appelé Macondo et dont la descendance allait sombrer dans une espèce de malédiction, naître mi-homme mi-animal, avec des groins, des queues de cochons, je suis persuadé qu'il devait aussi s'agir d'histoires de doubles nuisibles, et, autant que je m'en souvienne, il contait les aventures d'un type bizarre qui combattait tout le temps contre des moulins à vent, ou encore, dans le même ordre d'idées, l'infortune d'un officier qui espérait en vain des renforts dans un camp perdu dans le désert, et que dire de ce vieux colonel qui attendait une lettre et sa pension d'ancien militaire, ce malheureux colonel qui vivait dans le dénuement avec son épouse malade et leur coq de combat sur lequel ils fondaient leurs espoirs, ce coq était leur seule lueur, cet animal devait être un double plutôt pacifique, donc je n'insiste pas, et alors, pour faire peur aux filles, parce que ces filles aimaient ressentir des frissons, écouter des histoires de viol, de sang, de meurtre, Amédée leur parlait d'un gangster impuissant sexuel qui avait commis un viol à l'aide d'un épis de maïs dans un coin perdu du sud de l'Amérique, il ne manquait pas de leur lire dans la foulée l'histoire tragique d'un double assassinat dans une rue appelée bizarrement « Morgue », et comme il s'agissait d'une femme étranglée, introduite de force dans une cheminée la tête en bas, les filles poussaient des cris d'horreur quand Amédée ajoutait que derrière le bâtiment où avait eu lieu ce drame, dans une petite cour, gisait un autre cadavre d'une vieille dame, la gorge coupée, la tête détachée, et certaines filles quittaient parfois l'assemblée, ne revenaient qu'après qu'Amédée avait délié le mystère de cet assassinat crapuleux en reprenant les analyses perspicaces de l'enquêteur, mais en réalité l'histoire qui donnait un vrai frisson à ces filles était celle d'une très belle femme qu'on appelait Alicia, et à certains égards j'avais pensé qu'Amédée se payait la tête de mon maître Kibandi en parlant de celui-ci à mots couverts, le jeune homme disait souvent *« après le monde d'Edgar Alan Poe, je vais vous emmener loin, en Uruguay, chez Horacio Quiroga »*, Amédée décrivait alors avec délectation le personnage d'Alicia, il leur apprenait qu'elle était blonde, angélique, timide, les filles poussaient des « ooouuuhhh » interminables, l'homme cultivé ajoutait qu'Alicia était une femme amoureuse de son époux Jordan au caractère pourtant très dur, les deux s'aimaient malgré leurs tempéraments opposés, ils se promenaient bras dessus bras dessous, leur mariage n'allait durer que trois mois, il y avait la fatalité, le ciel d'automne ennuageait désormais leur idylle, un peu comme une espèce de malédiction qui jalousait leur union, tout cela se fragilisa encore plus à cause d'une petite grippe qui tirait en longueur, Alicia souffrait, restait désormais alitée, maigrissait jour après jour, la vie semblait s'échapper d'elle, plus rien n'était comme avant malgré les soins de Jordan, et à ce stade de son récit, dès qu'Amédée plantait le décor de la maison du couple, le frisson n'était plus loin, l'allégresse se muait en angoisse, on entendait Amédée parler de sa voix la plus grave, décrire la demeure des époux Jordan et Alicia, *« dedans, l'éclat glacial du stuc, sans la moindre égratignure sur les hauts murs, accentuait cette sensation de froid inquiétant »*, et il lisait encore, quelques paragraphes plus loin, *« quand on passait d'une pièce à l'autre, la maison entière faisait écho aux pas, comme si un abandon prolongé l'avait rendue plus sonore »*, personne ne savait de quoi Alicia souffrait, plusieurs médecins baissèrent les bras, on avait essayé toutes sortes de médicaments sans succès, Alicia mourut finalement, et, après sa mort, la bonne entra pour défaire le lit, elle découvrit avec stupéfaction deux taches de sang sur l'oreiller de plumes qui supportait la tête d'Alicia, la bonne essaya de le soulever, et comme à sa plus grande surprise l'oreiller de plumes pesait, elle sollicita l'aide du jeune veuf Jordan, ils le posèrent sur la table, Jordan entreprit de le sectionner à l'aide d'un couteau, *« les plumes du dessus volèrent et la bonne, la bouche grande ouverte, poussa un cri d'horreur en portant ses mains crispées à ses bandeaux »*, lisait Amédée d'un air sombre et appliqué, et puisque les filles de Séképembé ne comprenaient toujours pas ce que Jordan et sa bonne avaient découvert dans cet oreiller de plumes, Amédée dévoilait enfin le mystère en prononçant avec insistance chaque mot, *« au fond, au milieu des plumes, remuant lentement ses pattes velues, il y avait une bête monstrueuse, une boule vivante et visqueuse »*, et c'est cette bête qui, en cinq jours et cinq nuits, avait sucé le sang d'Alicia à l'aide de sa trompe, et moi, de mon côté, je me disais que cette Alicia était peut-être une initiée, un être humain qui avait été mangé par son propre double nuisible retranché dans cet oreiller de plumes

mon maître m'a confié un jour « tu vois, il nous le faut, ce jeune homme, parce qu'il ne se prend pas pour de la merde, il raconte des conneries aux gens, il paraît qu'il rapporte que je suis malade et qu'il y a une bête qui me mange chaque soir », et nous avons attendu les vacances de la saison sèche lorsque le jeune homme revenait d'Europe avec ses cartons de romans, puis un jour Amédée est passé devant la case de mon maître, il a vu Kibandi assis dehors avec un livre ésotérique entre les mains, Amédée a dit « cher monsieur, je suis heureux de savoir que vous lisez de temps à autre », mon maître ne lui a pas répondu, le jeune homme a enchaîné « si je ne m'abuse, vous me paraissez bien maigre et me rappelez un malheureux personnage des *Contes d'amour, de folie et de mort*, et chaque année cela va de mal en pis pour vous, ce n'est quand même pas la perte de votre mère qui vous met dans cet état, hein, je ne saurais trop vous conseiller de consulter un médecin de ville, j'espère qu'il n'y a pas une bête cachée sous votre oreiller et qui se nourrit de votre sang à l'aide de sa trompe, si c'est le cas, il est encore temps de brûler cet oreiller, de tuer la bête qui se cache à l'intérieur», mon maître n'a pas bronché une fois de plus, il a même trouvé que l'intello du village délirait, prenait les gens pour des personnages de ses livres qu'il avait ramenés d'Europe, et Kibandi a poursuivi la lecture de son livre à lui qui parlait de choses plus importantes que celles qui sont racontées dans les livres d'Amédée, et quand le jeune homme l'a dépassé, Kibandi lui a jeté un dernier regard et s'est dit «on verra bien celui qui va maigrir jusqu'à ne plus devenir qu'une charpente osseuse, je ne suis pas une de ces petites pucelles à qui tu racontes tes histoires»

au petit matin, Amédée entreprit sa promenade quotidienne dans la brousse, il ne portait qu'un short, marcha en sifflotant jusqu'au bord de la rivière où il plongea ses pieds dans l'eau, s'étendit sur la rive et se mit à lire ses livres de mensonges, mon maître m'avait dit d'aller l'épier, d'aller voir ce qu'il était en train de manigancer seul, de m'assurer que ce jeune homme ne possédait pas lui aussi un double qui pourrait nous causer des ennuis lorsque nous nous occuperions de lui, c'était une précaution inutile car, mon cher Baobab, ces hommes qui vont en Europe, nom d'un porc-épic, deviennent si bornés qu'ils estiment que les histoires de doubles n'existent que dans les romans africains, et ça les amuse plutôt que de les inciter à la réflexion, ils préfèrent raisonner sous la protection de la science des Blancs, et ils ont appris des raisonnements qui leur font dire que chaque phénomène a une explication scientifique, et quand Amédée me vit déboucher d'un bosquet près de la rivière, nom d'un porc-épic, il hurla de rage « sale bête, dégage de ma vue, espèce de boule à piquants, je vais te réduire en pâtée et te manger avec du piment et du manioc », je décuplai de volume, j'étais au bord de l'explosion, les yeux exorbités, je fis crisser mes piquants, je tournoyai autour de moi, je le vis se saisir d'un bout de bois avec l'intention ferme de m'assommer, cela me rappela l'attitude de « Papa » Mationgo à l'époque où mon maître était son apprenti, je fis un quart de tour, cherchai quelle direction prendre pour échapper à cette menace de mort, et je disparus aussitôt dans le bosquet d'où j'étais apparu, Amédée s'avança de plus près, je connaissais ce bosquet mieux que lui, je me laissai donc rouler sur les feuilles mortes et me retrouvai en bas de la colline, le bout de bois qu'il lança tomba à quelques centimètres de ma gueule, et lorsque je retrouvai mon maître une demi-heure plus tard je lui racontai comment ce type nous avait insultés, comment il avait failli nous tuer avec son bois, Kibandi ne perdit pas son calme, il me rassura « ne t'en fais pas, ce n'est pas lui qui pourra nous faire quoi que ce soit, je n'ai pas été en Europe, moi, pourtant je ne suis pas un inculte, le *mayamvumbi* dispense de fréquenter l'école pour savoir lire et écrire, il ouvre l'esprit, capte l'intelligence, et ce type ne reprendra pas l'avion pour l'Europe, c'est moi qui te le dis, il est à nous, sa place est sous terre, pour moi il est mort depuis longtemps, mais il ne le sait pas parce que les Blancs n'enseignent pas ces choses-là dans leurs écoles » à minuit, alors qu'il pleuvait, nous nous sommes dirigés vers la petite habitation d'Amédée qui jouxtait celle de ses parents, nous avions laissé l'autre lui-même de mon maître étendu sur la dernière natte tressée par Mama Kibandi, le ciel était zébré de temps à autre d'éclairs aveuglants, Kibandi s'est assis au pied d'un arbre, il m'a fait signe d'y aller pendant qu'il buvait une bonne dose de *mayamvumbi*, je n'ai pas attendu un deuxième ordre parce que j'étais aussi en colère contre ce petit génie, je suis allé gratter avec rage la terre sous la porte de sa masure afin de me frayer un passage, et comme il tombait maintenant une pluie diluvienne ma tâche était aisée, ce qui fait qu'au bout d'un moment je suis parvenu à creuser un trou si grand que même deux porcs-épics gras et paresseux pouvaient s'y introduire sans difficulté, et une fois à l'intérieur j'ai vu une bougie allumée, cet imbécile avait oublié de l'éteindre, il dormait sur le ventre, alors j'ai avancé à pattes feutrées, je suis arrivé au niveau du lit en bambou, je ne sais pas pourquoi j'éprouvais de la crainte, mais j'ai pu la dominer, je me suis mis sur deux pattes et me suis agrippé contre le lit, j'étais à présent entre les jambes écartées d'Amédée, je me suis contracté pour choisir le piquant le plus ferme parmi les dizaines de milliers qui voulaient tous m'être utiles à cet instant, et paf, j'ai lancé la charge qui a échoué en plein milieu de la nuque du jeune homme, le piquant est presque entré en entier dans cette cervelle qui agaçait mon maître et, par voie de conséquence, m'agaçait aussi, Amédée n'a pas eu le temps de se réveiller, il a été saisi d'une succession de spasmes et de hoquets tandis que je me retrouvais maintenant sur son corps afin de retirer le piquant à l'aide de mes incisives, et je l'ai ôté, j'ai léché son sang jusqu'à ce qu'aucune trace de mon acte ne subsiste, j'ai vu le petit trou se refermer comme à l'époque où je m'étais occupé de la fille de Papa Louboto, la jeune et belle Kiminou, j'ai fait un bond pour retomber par terre, mais avant de m'en aller je me suis rapproché de la bougie parce que je voulais brûler la case, et puis je me suis dit que cela ne servirait à rien, je n'avais pas à dépasser le cadre de ma mission, Kibandi m'aurait engueulé, j'ai posé les yeux par curiosité sur le titre du dernier livre que le lettré était en train de lire avant de se coucher, *Histoires extraordinaires*, il s'était endormi, entraîné dans l'univers de ces histoires, c'était encore un de ces livres qui lui permettaient de raconter des mensonges aux filles du village, maintenant il irait les raconter aux fantômes, et là-bas, mon cher Baobab, il faut être crédible parce que les fantômes, c'est un autre monde, c'est un autre univers, il n'y a pas plus incrédules qu'eux, déjà qu'ils ne croient pas à la fin de leur corps physique, ils en veulent aux autres de continuer à vivre, ils en veulent à la Terre de continuer à tourner, et c'est pour cela qu'au lieu d'aller au ciel ces ombres errantes demeurent ici-bas dans le dessein de revivre, c'est dire que les fantômes ne gobent jamais n'importe quoi

l'enterrement d'Amédée a été l'un des plus émouvants de Séképembé, l'événement contrastait avec celui de la regrettée Mama Kibandi, on avait l'impression qu'il n'y avait que des jeunes filles autour de la dépouille, celles-ci avaient convoqué leurs amies des villages voisins pour venir rendre un hommage digne de ce nom à cet être exceptionnel qui était la fierté de Séképembé, de la région, voire du pays, et alors on avait voulu savoir ce qui était arrivé à l'intellectuel, certains vieux disaient qu'il avait trop lu les livres venus d'Europe, d'autres réclamaient qu'on procède au rite du cadavre qui déniche son malfaiteur, les parents d'Amédée s'opposèrent à cette idée parce que, rappelèrent-ils, leur fils ne croyait pas à ces choses, que ce serait une offense que de faire balader son cadavre dans le village, aussi acceptèrent-ils cette mort, on enterra le jeune homme avec deux cartons de livres, certains ouvrages étaient encore emballés, avec des prix de la monnaie qui avait cours en Europe, et lors de l'oraison funèbre, faite cette fois-ci par le curé venu de la ville et non par un des féticheurs du village qu'on soupçonnait d'être incapables de s'exprimer en latin, l'homme de Dieu rappela comment le jeune lettré avait su faire reculer l'ignorance, comment il avait montré que le livre était un espace de liberté, de reconquête de la nature humaine, il s'exprima en latin, lut quelques bonnes pages d'*Histoires extraordinaires*, posa le livre à côté, se saisit d'une bible neuve, la plaça sur le cercueil avant de conclure, d'une voix de chèvre, *« puisse ce livre te permettre, mon cher Amédée, de te rapprocher des voies impénétrables du*

Seigneur et de comprendre finalement que l'histoire la plus extraordinaire, mais vraiment la plus extraordinaire, est celle de la création de l'Homme par Dieu, et cette histoire extraordinaire est rapportée dans le Livre saint que je t'offre pour tes lectures dans l'autre monde, amen » mon maître était quand même un homme tranquille, mine de rien, il ne fallait pas lui chercher noise, je crois que je l'ai vu se chamailler une ou deux fois seulement, et je pense au vieux Moudiongui, le tireur de vin de palme, peut-être le meilleur tireur de vin de palme de Séképembé, ils se connaissaient très bien, lui et mon maître, je n'aurais pas imaginé qu'un jour je serais amené à m'en prendre à ce cul-terreux, disons que sa vie se limitait au vin de palme, il savait comment tirer le mwengué, le meilleur vin qu'un palmier puisse donner, les femmes du village en raffolaient parce que c'était le vin le moins amer, or le pire avec le mwengué c'est qu'on ne se rend même pas compte de son ivresse, on se met à boire gobelet après gobelet, on ne réalise pas qu'on est en train de ricaner comme une hyène, et ce n'est qu'au moment où l'on se lève qu'on s'aperçoit qu'on ne maîtrise plus ses jambes, alors on marche de guingois comme un crabe, les gens s'esclaffent, et ils disent « en voilà encore un qui a consommé le mwengué du vieux Moudiongui », et mon maître avait pris la mauvaise habitude de mélanger maintenant un peu de mwengué dans son liquide initiatique afin de l'édulcorer, il ne voulait plus boire son breuvage que mélangé avec ce vin de palme du vieux Moudiongui, donc chaque matin le cul-terreux passait par la case de Kibandi pour déposer un litre de vin de palme, il rappelait la mémoire de Mama Kibandi et disait combien le temps passait vite, c'était en fait pour apitoyer Kibandi, l'inciter à lui donner plus d'argent, mon maître l'écoutait à peine, lui remettait un billet de banque froissé, Kibandi était persuadé que le vin de palme ajoutait un plus à son *mayamvumbi*, or le vieux Moudiongui devenait capricieux, il boudait pour un rien, parfois Kibandi était obligé d'aller le réveiller pour qu'il aille dans la brousse recueillir le vin de palme, et, tirant profit de la dépendance de mon maître pour ce vin, le vieil homme augmentait le prix du litre selon ses humeurs, c'était à prendre ou à laisser, « si t'es pas d'accord, t'as qu'à aller recueillir le mwengué toi-même, ou alors tu payes le prix que je veux, point barre », Moudiongui prétendait que le mwengué se faisait de plus en plus rare, que les palmiers de la région ne donnaient plus ce vin spécial, que mon maître devait se contenter du vin de palme normal, et un jour ce vieux a ramené du mwengué comme d'habitude, mon maître l'a goûté, le doute l'a traversé, il a réalisé que ce n'était pas du vrai mwengué, que le vieux l'avait berné, il n'a rien dit, il m'a plutôt appelé un soir et m'a dit « tiens, demain, dès l'aube, à l'heure où blanchit la campagne, je veux que tu suives ce couillon de tireur de vin de palme, y a quelque chose de louche dans son comportement, je le sens, va donc voir comment il travaille », et j'ai suivi le type de très bonne heure le lendemain, je l'ai vu disparaître dans la forêt, parvenir à un endroit où les palmiers poussaient à perte de vue, je l'ai vu atteindre le faîte d'un palmier en haut duquel il avait accroché ses gourdes la veille, il les a retirées, elles étaient pleines, il est redescendu, il s'est assis au pied de cet arbre, a sorti un petit sachet de sa poche, je l'ai surpris en train de déverser du sucre dans le vin de palme qu'il venait de tirer, et comme il en voulait à mon maître il a même craché dans la gourde en maugréant des paroles méchantes, je l'ai fait savoir à Kibandi plus tard, et alors, quand le tireur de vin de palme s'est pointé devant la case de Kibandi pour lui proposer ce mauvais breuvage, il s'est retrouvé en face d'un homme qui lui crachait la vérité, je les ai entendus se chamailler, le vieux Moudiongui voulait à tout prix vendre son vin de palme, mon maître répondait que ce n'était pas du vrai mwengué, et ils se sont échangé des noms d'oiseaux migrateurs, le vieux Moudiongui a insulté mon maître, « pauvre squelette, tu es mort depuis longtemps, tu es jaloux de mon métier parce que tu n'es qu'un pauvre charpentier, tu es incapable de grimper même à un manguier, des types comme toi sont des foireux, des maniongi, des ngébés, des ngoubas ya ko pola », Kibandi n'a pas répondu à ces insultes en langue bembé, il s'est contenté de dire au tireur de vin de palme « on verra bien, on verra bien qui est un maniongi, un ngébé, un ngouba ya ko pola », le vieux Moudiongui a dit, avant de partir, « on verra quoi, hein, tu n'es qu'un pauvre type, ne compte plus sur moi pour boire le mwengué dans ce village, pauvre cadavre, ta mère t'attend au cimetière »

j'ai laissé mon maître avec son autre lui-même, les deux étaient couchés sur la dernière natte tressée par Mama Kibandi, le jour commençait à se lever, je suis arrivé au pied du même palmier que la dernière fois où j'avais surpris le tireur de vin de palme mélanger du sucre dans la gourde et cracher dedans, j'ai pris le temps de grimper, de me cacher au faîte de cet arbre, à quelques centimètres de ses gourdes accrochées bien haut et qui débordaient de vin de palme, des abeilles avaient déjà entamé une fête autour, j'ai vu arriver le vieux Moudiongui, il me paraissait anxieux parce qu'il regardait à gauche et à droite, il ne comprenait pas comment mon maître avait été mis au courant de ses petites magouilles, je l'ai vu arranger ses cordelettes qu'il allait utiliser pour parvenir jusqu'à la cime du palmier, et il grimpait maintenant, grimpait encore, mais arrivé au milieu de son parcours il a balayé du regard les environs comme pour être sûr que personne ne l'avait pisté, et puis, rassuré, il a continué à grimper, il n'était plus très loin de ses gourdes, et lorsqu'il a relevé la tête, nom d'un porc-épic, il a croisé mes yeux à la fois sombres et luisants, c'était trop tard pour lui, deux de mes piquants s'étaient déjà détachés et l'avaient atteint en plein visage, le vieil homme a glissé, a tenté de s'agripper à une branche de flamboyant qui effleurait le palmier, en vain, je l'ai entendu tomber, atterrir comme un sac de patates en bas, les jambes et les bras écartés, les villageois l'ont retrouvé à cet endroit un jour après, les yeux grandement ouverts, le visage figé, et la population a conclu qu'il était devenu trop âgé pour tirer le vin de palme, qu'il aurait mieux fait de prendre sa retraite depuis longtemps et d'initier un des jeunes de Séképembé afin que celui-ci prenne la relève le problème avec Youla c'est qu'il devait de l'argent à mon maître, c'est sans doute l'un des épisodes qui me fend le plus le cœur jusqu'à présent parce que, à bien voir, c'est ce qui a causé de loin la disparition de Kibandi, mais il faut que je te raconte cela avec moins de précipitation, j'étais mal à l'aise après avoir accompli cette mission, je revoyais sans cesse le visage de la victime, son innocence, je trouvais que Kibandi était allé un peu trop loin cette fois-ci, avais-je le droit de lui exprimer mes sentiments, hein, un double n'a pas à juger ni à discuter, encore moins à se laisser aller aux remords au point de paralyser le déroulement des choses, et pour moi cet acte était l'un des plus gratuits que nous ayons commis, Youla était un père de famille tranquille, un petit paysan sans éducation et dont l'activité ne marchait pas bien, il avait une femme qui l'aimait et venait d'avoir un enfant avec elle, un nourrisson qui ouvrait à peine les yeux, et puis, un jour, et je ne sais pas pourquoi, il y a eu cette histoire de dette entre lui et Kibandi, Youla était venu le voir pour emprunter de l'argent, une somme pourtant ridicule qu'il devait rembourser la semaine suivante, il voulait semble-t-il acheter des médicaments pour son enfant et jura qu'il rembourserait la dette en temps et en heure, il se rabaissa, se mit à genoux, versa des larmes car personne n'avait voulu lui prêter la somme dérisoire, Kibandi lui rendit ce service, lui dont les économies s'amenuisaient d'année en année depuis qu'il avait renoncé à la charpenterie, d'ailleurs les billets qu'il remit à Youla était si sales et si froissés qu'on aurait cru qu'il les avait sortis d'une poubelle, et une semaine passa, Kibandi ne vit personne devant sa case, une autre semaine passa, Youla ne se pointa pas, il avait disparu de la circulation, mon maître pensait à juste titre qu'il se dérobait, alors il alla à son domicile deux mois plus tard, il lui dit de lui rendre son argent sinon les choses allaient mal tourner entre eux, et comme l'homme était ivre ce jour-là il se mit à ricaner, à insulter Kibandi, à lui dire de dégager de sa vue, d'aller traîner sa charpente osseuse un peu plus loin, ce qui ne manqua pas d'agacer mon maître qui lui fit la réflexion, « tu trouves de l'argent pour te saouler la gueule et tu es incapable de rembourser tes dettes », et comme Youla ricanait de plus belle, Kibandi ajouta sèchement et à haute voix « quand on n'a pas d'argent, on ne fait pas d'enfants », Youla se paya le luxe de marmonner « est-ce que je te dois même de l'argent, moi, hein, tu te trompes de personne, sors de ma parcelle », son épouse prit parti, somma à son tour mon maître de déguerpir sinon elle allait appeler un sage du conseil du village, et lorsque mon maître rentra chez lui, dépité, je le vis soliloquer, proférer des jurons, je savais que les choses allaient mal tourner pour Youla, je n'avais jamais vu Kibandi dans un tel état, pas même lorsque le jeune prétentieux Amédée l'avait traité de malade, et il m'appela dare-dare, il y avait urgence, il ne pouvait plus attendre, Youla allait savoir de quel bois mon maître se chauffait, et à minuit, après que Kibandi eut avalé une overdose de *mayamvumbi*, cette fois-ci sans le mélanger avec le mwengué pour l'édulcorer, nous étions fin prêts, l'autre lui-même de mon maître nous accompagnait pour une fois, bien que je ne voyais pas précisément quel serait son rôle, nous sommes arrivés tous les trois devant la concession du paysan, sa maison était si vétuste que même un âne pouvait y pénétrer par les trous des façades principales, mon maître s'est assis au pied d'un flamboyant, son autre lui-même était derrière lui et nous tournait le dos comme à son habitude lorsqu'il était en mouvement, j'ai fait le tour de la case, j'ai débouché dans la chambre à coucher, j'ai vu Youla ronfler sur une natte tandis que sa femme était dans le lit, à l'autre bout de la pièce, cela se passait sans doute ainsi chaque fois que l'époux était ivre, et j'ai traversé la chambre, je me suis orienté vers la pièce de l'enfant, aussitôt que je me fus rapproché du nourrisson j'ai eu un pincement au cœur, j'ai voulu rebrousser chemin, l'autre lui-même de Kibandi était derrière moi, je me suis demandé pourquoi mon maître avait décidé de s'attaquer au bambin au lieu de s'attaquer à l'homme qui lui devait de l'argent, ou à la rigueur à son épouse qui avait osé prendre parti lors de leur dispute, mes piquants sont devenus lourds et paresseux, je me disais que je ne pourrais pas en projeter un seul, je ne m'étais pas attaqué à un enfant jusqu'à ce jour-là, il me fallait trouver un mobile afin d'accroître ma détermination et redonner de l'énergie à mes armes, mais quel mobile trouver, je n'en voyais pas, et puis, tout d'un coup, je me suis dit que mon maître avait quand même raison de rappeler à ce type que lorsqu'on n'a pas d'argent on ne fait pas d'enfants, je me suis souvenu aussi que le vieux porc-épic qui nous gouvernait professait jadis que les hommes étaient mauvais, y compris leurs enfants, parce que *« les petits du tigre ne naissent pas sans leurs griffes »*, alors il fallait affecter un vice à ce Youla, il fallait lui trouver un défaut impardonnable, et je me suis répété que ce type était un saoulard, en plus son pauvre gamin allait avoir une existence de merde avec ce paysan sans éducation, je me suis murmuré ces derniers arguments comme pour balayer la vague des remords, comme pour chasser la pitié qui endormait mes piquants, ceux-ci ont retrouvé soudain leur énergie, je les sentais maintenant bruire, la colère de mon maître était devenue la mienne, c'était comme si Youla me devait de l'argent, et je n'ai plus réalisé que l'être en face de moi n'était qu'un pauvre innocent, je me disais au contraire que notre action allait plutôt le libérer, le soulager, Youla ne méritait pas d'être un père, lui l'alcoolique, lui qui n'honorait pas ses engagements, lui qui devait peut-être de l'argent à toute la population, et c'est à cet instant de réflexion que je me suis contracté, un piquant ferme s'est détaché de mon dos pour atteindre le pauvre bambin, l'autre lui-même de mon maître avait disparu de la pièce, sans doute était-il là pour mieux m'inciter à avoir du cœur à l'ouvrage, j'ai vite quitté les lieux afin d'éviter le chagrin, il ne fallait surtout pas regarder un petit innocent disparaître de ce monde à cause de l'imbécillité et de l'insouciance de son père, je ne voulais pas voir cette scène, et pourtant je n'étais pas tranquille, j'avais honte de mon image lorsqu'elle se reflétait sur la rivière, je suis allé assister à l'enterrement, un peu dans l'espoir de me faire pardonner, j'ai écouté tout ce petit monde entonner des chants funèbres, et j'ai versé des larmes

les jours qui ont suivi cet événement, l'image du nourrisson Youla me revenait, me hantait, j'ai commencé à craindre ma propre silhouette en plein jour, à me dire que le fantôme de ce bébé m'attendait au premier bosquet, peut-être que tout cela alourdissait déjà ma conscience, et lorsque je me suis retiré dans la brousse j'ai fait le bilan, j'ai analysé les autres faits, les moins graves, les à peu près graves, les graves, et surtout les très graves comme la mort de ce gamin, et les visages de nos victimes se déroulaient devant moi, nous en étions à quatre-vingt-dix-neuf missions déjà, mais aucun soupçon ne pesait sur nous à ce moment-là, mon maître s'en tirait toujours grâce à la noix de palme qu'il enfouissait dans son rectum, et je ne comprenais pas pourquoi, de toutes nos victimes, seul ce bébé de Youla m'empêchait de songer à autre chose, tout se passait comme s'il nous épiait, nous attendait au tournant, et après tout, me disais-je, ce n'était qu'un minuscule humain sans force et sans pouvoir, je me souvenais aussi que le vieux porc-épic qui nous gouvernait nous mettait en garde au sujet de nos ennemis les plus petits qui étaient les plus à craindre, alors il m'arrivait de me dire que ce nourrisson m'envoyait un message, me poussait à la révolte et qu'il suffisait que je mette un terme à mes jours pour arrêter la chaîne de nos missions, ou de me rebeller contre mon maître en lui tenant tête, ou de disparaître sans laisser de traces, mais une force me retenait même si j'avais le pressentiment que la centième mission nous serait fatale, qu'elle nous coûterait la vie à coup sûr, ce n'était peut-être qu'une angoisse, et j'étais persuadé que, de son côté, Kibandi ne faisait pas de comptabilité, il se laissait aller aux vertiges, à l'ivresse du *mayamvumbi* comme les victimes s'accumulaient, je ne prenais plus de plaisir à obéir à mon maître, il était obligé de crier plusieurs fois, de me coller son autre lui-même au cul, de me menacer de mort, je savais toutefois qu'il ne pouvait pas mettre à exécution cette dernière intimidation, il signerait notre disparition, et donc, mon cher Baobab, notre entreprise nocturne se fragilisait

les regards de la population se posaient sur mon maître qui semblait ne plus agir que par routine, nous avions eu par la suite du mal à accomplir la centième mission, les échecs ne se comptaient plus, mes piquants devenaient moins efficaces, loupaient leur cible, comme avec cette femme qu'on appelle Ma Mpori, je l'avais blessée au mollet, mes piquants ne lui avaient rien fait du tout, cela aurait pu déjà attirer l'attention de Kibandi, or mon maître souhaitait que je recommence la mission, il est impensable et même intrépide d'attaquer deux fois la même personne, je sais que cette femme avait aussi *quelque chose*, cette femme n'était pas un être ordinaire, elle me l'avait fait comprendre en me demandant à plusieurs reprises qui m'avait envoyé, qui était mon maître, il n'y avait qu'un initié pour poser ce genre de questions, et quand je pense à la vieille Mpori je me dis une fois de plus que nous aurions pu redoubler de vigilance, mon maître ne serait pas à ce jour sous terre en train de pourrir, mais cette vieille Mpori, que je te dise, c'était une autre histoire, je suis sûr qu'elle avait mangé quelques personnes dans ce village, et d'ailleurs pourquoi je parle d'elle au passé alors qu'elle est encore en vie, hein, elle n'a plus de dents, elle laisse sa porte ouverte la nuit entière, montre sa nudité en signe de malédiction lorsque les jeunes lui manquent de respect, et ces jeunes détalent parce que voir un tel spectacle vous maudit pour l'éternité, elle tient debout sur des jambes rachitiques avec une peau de vieux saurien, il n'y avait aucun antécédent entre elle et mon maître, pourtant Kibandi s'imaginait qu'elle discernait ce que nous faisions la nuit, elle nous gênait donc, elle était un danger, il fallait la faire disparaître, c'était plus facile à dire qu'à accomplir même si sa porte était ouverte le jour où je devais exécuter la mission, c'était le mois dernier, j'étais seul, pas même accompagné de l'autre lui-même de Kibandi, à moins qu'il se fût tapi quelque part à mon insu, Ma Mpori se trouvait dans sa masure, et lorsque je m'y suis introduit enfin il y a eu comme une nuit qui m'aveuglait, je ne voyais rien, je devinais à peine la silhouette de la vieille dans un coin, mes piquants ne remuaient plus, il fallait que j'y aille pourtant, que j'exécute ma mission, c'est alors que je l'ai entendue murmurer « avance donc vieille bête, tu vas savoir qui est Ma Mpori, je vais te montrer ma nudité », elle me voyait, elle, moi je ne pouvais la distinguer, et elle a ajouté « tes trucs que tu fais dans ce village avec celui qui t'a envoyé ici, c'est pas à moi que tu les feras, tu es mal tombé, pauvre imbécile », j'ai commencé à avoir peur, j'ai voulu rebrousser chemin tandis que derrière moi la porte semblait s'être refermée, il y avait comme un mur, ce n'était évidemment qu'une illusion, « qui est donc ton maître, hein, qui t'a envoyé ici, c'est ce charpentier de Kibandi, n'est-ce pas, hein, c'est bien lui, hein », me criait-elle, et comme je ne répondais pas j'ai entendu le lit grincer, Ma Mpori s'était mise debout, cette vieille loque débordait maintenant d'énergie, « dis-moi toi-même qui est ton maître, vous n'avez pas assez mangé de gens comme ça dans ce village, hein, le nourrisson Youla, c'est aussi vous, hein », et alors, nom d'un porc-épic, il fallait que je m'apprête car elle s'avançait vers moi avec détermination, elle tenait quelque chose dans la main, une machette, me disais-je sans pour autant en être certain, j'ai pu armer un piquant en vitesse, je l'ai projeté dans sa direction, je l'ai entendue crier « sale bête, qu'est-ce que tu m'as fait au mollet, hein, attends un peu que je t'attrape », j'ai cherché une sortie dans cette opacité aveuglante, j'ai foncé droit vers la porte, je me suis retrouvé dehors, la vieille est sortie de sa masure, portée par ses maigres jambes devenues soudain agiles, elle est restée debout à parler devant l'entrée de sa case, « vous les mauvais esprits de ce village, je vous vois la nuit, vous les méchants et les sorciers de ce village, quand je laisse ma porte ouverte comme maintenant, c'est pour vous tendre un piège, essayez donc de revenir, et vous verrez de très près ma nudité », j'étais déjà loin, c'était ma plus grande frayeur, mon cœur battait très fort, si j'avais eu le courage j'aurais dit à mon maître que nous avions atteint la limite de notre activité, qu'il ne fallait surtout pas que nous franchissions la ligne rouge, hélas je n'ai rien dit, et tout au plus c'est Kibandi qui m'a sermonné, il a été très méchant à mon égard, il avait oublié ma dévotion, les services que je lui avais rendus jusqu'à ce jour, il m'a traité de bon à rien, m'a menacé de mort une fois de plus, c'est ce jour-là que j'ai compris sa relation avec son autre lui-même, mon maître me montra en effet du doigt l'autre lui-même couché sur la dernière natte tressée par Mama Kibandi avant de conclure « tu vois bien ce type couché, hein, ces derniers temps il a de plus en plus faim, et ce n'est pas le moment de cafouiller comme tu l'as fait, il doit manger, ce type, sinon nous payerons cher, tu ignores que chaque fois qu'il a faim, c'est moi qui endure tout », et il m'a rappelé que je devais rattraper le coup, que je devais m'attaquer cette fois-ci à la famille Moundjoula, un couple arrivé à Séképembé depuis peu avec leurs deux enfants, des jumeaux qui, prétendait-il, lui manquaient de respect, mon maître était alors loin de savoir qu'il venait de signer son acte de décès en me confiant cette mission qui serait le centième succès, pardon, le cent unième puisque nous ferions d'une pierre deux coups nom d'un porc-épic, qu'est-ce que le temps passe vite, j'ai la voix enrouée, la nuit est déjà tombée sur Séképembé, voilà que je pleure sans comprendre pourquoi, la solitude me pèse pour une fois, je me sens coupable de n'avoir rien fait pour sauver mon maître, en étais-je capable face à ces deux gamins qui ne l'ont pas ménagé quelques semaines avant sa mort, hein, je n'en sais rien, je voulais d'abord sauver ma propre peau même si j'étais persuadé que la mort de Kibandi entraînerait la mienne, et, dans ces conditions, les hommes ont raison d'affirmer qu'un lâche vivant vaut mieux qu'un héros mort, disons que je ne suis pas traversé par le chagrin que me cause l'absence de Kibandi, je ne suis pas non plus gêné par la chance que j'ai de vivre jusqu'à présent, de te prendre comme mon confident, j'ai honte de ce que je t'ai rapporté depuis ce matin, je ne voudrais pas que tu me juges sans tenir compte du fait que je n'étais qu'un subalterne, une ombre dans la vie de Kibandi, je n'ai jamais appris à désobéir, tout se passait comme si j'étais saisi par la même colère, la même frustration, la même rancœur, la même jalousie que mon maître, et je n'aime pas mon état d'esprit actuel parce que les visages de nos victimes ne cessent de me hanter, ces gens disparus sont plus ou moins là devant moi, ils m'entourent, me guettent, me montrent du doigt, je peux lire sur leur front les mobiles qui nous ont conduits à mettre fin à leur jour, je pourrais consacrer une année entière à t'en parler, nous avions mangé par exemple le jeune Abeba parce qu'il s'était moqué de la maigreur de mon maître qu'il avait surpris à moitié nu au bord de la rivière, c'était impardonnable, crois-moi, nous avions mangé Asalaka parce qu'il avait profané la tombe de Mama Kibandi après avoir traité mon maître de sorcier, c'était irrespectueux, les morts ont droit au repos, nous avions mangé Ikonongo parce qu'il avait osé défendre l'attitude du profanateur de la tombe de Mama Kibandi, donc lui aussi était solidaire des agissements de ce profanateur, nous avions mangé Loumouamou parce qu'elle avait rejeté les avances de mon maître en public dans le bistrot *Le Marigot*, en plus c'était elle qui avait allumé Kibandi, et après elle a prétendu que c'était mon maître qui était allé trop loin, que pour elle ce n'était qu'un jeu, elle a aussi dit que Kibandi devrait se regarder dans la glace avant de parler à une femme comme elle, tu vois que de tels propos étaient intolérables, nous avions mangé le vieux Mabélé parce qu'il répandait des mensonges au sujet de mon maître, il lui imputait le vol d'un coq rouge du chef du village, ce qui n'était même pas vrai puisque ce sont les gamins de ce village qui se livrent à ce genre de vols, nous avions mangé Moufoundiri parce qu'il était de ceux qui voulaient qu'un féticheur vienne purifier ce village, le débarrasser de tous les détenteurs de doubles nuisibles, il se prenait donc pour qui, hein, surtout que mon maître ne voulait pas finir comme son père, il se souvenait du féticheur Tembé-Essouka qui avait été à l'origine de la mort de Papa Kibandi, nous avions mangé Louvounou parce qu'il avouait avoir aperçu un animal bizarre qui ressemblait à un porc-épic derrière la case de mon maître, il disait des choses du genre « d'un côté c'était comme un porc-épic, je vous dis, et de l'autre, c'est bizarre, c'était même pas comme un porc-épic, je veux dire, c'était un animal étrange, il m'a regardé comme un homme pourrait regarder un autre homme, et il m'a montré son derrière avant de disparaître dans l'atelier du charpentier, je vous jure que je n'ai pas rêvé, croyez-moi », ce type avait raison mais il avait commis l'erreur d'aller relater la scène auprès du chef du village qui vint en parler à Kibandi en le montrant du doigt, nous avions mangé Ekonda Sakadé parce qu'il avait vu mon maître me parler dans un buisson près de la tombe de Mama Kibandi, lui aussi était allé rapporter la scène auprès du chef du village, nous avions mangé le sage et vieil Otchombé parce qu'il s'était opposé à la candidature de Kibandi au conseil du village au motif que mon maître était et resterait un étranger, ce qui l'avait offensé, lui qui se crevait à montrer au village qu'il était un habitant ordinaire, nous avions mangé l'épicier Komayayo Batobatanga parce qu'il avait refusé de nous vendre à crédit une lampe-tempête et deux boîtes de sardines à l'huile fabriquées au Maroc, c'était une injustice de sa part car tout le village achetait à crédit chez lui, nous avions mangé la vieille Dikamona parce qu'elle faisait des va-et-vient suspects toutes les nuits devant la case de mon maître, cette femme voulait en fait nous surprendre tous les deux, mon maître et moi, depuis que des bruits couraient que celui-ci avait *quelque chose*, et, en réalité, nom d'un porc-épic, nous avions commencé à manger les gens pour un oui ou pour un non, parce qu'il fallait bien nourrir l'autre lui-même de mon maître, et quand cette créature sans bouche, sans oreilles et sans nez était rassasiée, elle ne quittait plus la dernière natte tressée par Mama Kibandi, se grattait, pétait, jamais un être normal n'avait eu autant faim que lui, et, le regardant étendu sur la natte, je pouvais deviner qu'il avait faim, parce qu'il se retournait soudain, gigotait pendant une demi-heure avant de demeurer immobile tel un cadavre

si certaines de nos victimes ne s'attardent plus dans ma mémoire, c'est parce que, mon cher Baobab, les missions que j'accomplissais alors relevaient de ma longue période d'apprentissage, je les considère si identiques que j'ai dû peut-être les mélanger au cours de la narration que je t'ai déjà faite des actes qui sont à mes yeux les plus importants de ma carrière de double afin d'arriver à la mission plus que périlleuse du vendredi dernier

je vois cette famille nouvellement débarquée à Séképembé, je vois les deux gamins qui courent, qui crient, qui sont partout à la fois, je prenais déjà ces scènes comme un avertissement, j'avais voulu alerter mon maître, il avait son idée, il avait déjà son plan bien établi, il ne pouvait pas accepter l'impertinence de ces petits, et il murmurait des paroles méchantes à leur égard, il cherchait en fait l'alibi, le mobile qui allait le pousser à en découdre une bonne fois pour toutes, mais les choses se sont passées autrement mon maître était possédé par la soif du *mayamvumbi* et l'appétit inextinguible de son autre lui-même, il avait du coup négligé certains interdits élémentaires qu'observent les détenteurs de doubles nuisibles, par exemple ne surtout pas s'attaquer aux jumeaux, il agissait désormais avec une légèreté qui me laissait pantois, la prudence était plutôt de mon côté, il était convaincu que braver ces interdits le hisserait au sommet, comme s'il courait après le record de son père, c'est pour cela qu'il ne se tenait plus tranquille depuis que la famille Moundjoula s'était installée à Séképembé, et d'ailleurs, à l'époque de l'arrivée des Moundjoula, le père de famille ne cachait pas sa fierté, il trimbalait ses enfants dans la rue comme pour montrer aux villageois la chance qu'il avait d'être un père de jumeaux, il se moquait alors des plaintes de certains habitants qui imputaient aux deux gamins les dégâts de toutes sortes dans leurs champs, Kibandi connaissait à peine cette famille, le chef du village s'était fait le plaisir de présenter les nouveaux habitants à la population, il avait longé la route principale, s'était arrêté devant chaque case et avait répété « Papa Moundjoula est sculpteur, sa femme est ménagère et s'occupe des jumeaux, des enfants très charmants », ils habitaient à l'autre bout du village, s'intégraient au reste de la population jour après jour au point qu'on avait l'impression qu'ils avaient toujours vécu ici

j'ai fait la connaissance de ces deux enfants terribles dans des circonstances plus que malheureuses, ce sont des jumeaux qui ne possèdent en réalité aucun signe qui permettrait à l'observateur le plus méticuleux de séparer l'un de l'autre, leur père et mère les appellent indifféremment Koty ou Koté puisqu'il suffit d'appeler un des deux pour qu'ils se retournent simultanément, mais au fond Papa et Mama Moundjoula ont toujours éprouvé un plaisir à semer la confusion dans l'esprit des villageois alors qu'ils ont en cachette leur petit truc à eux pour distinguer l'un de l'autre, en effet Papa et Mama Moundjoula avaient décidé de ne circoncire qu'un seul des deux enfants, on raconte au village que c'est l'aîné qui est circoncis tandis que le cadet ne l'est pas, et, à chaque fois, lorsque la confusion les gagne eux-mêmes, Papa et Mama Moundjoula dévêtent leur progéniture pour savoir qui des deux est venu au monde le premier, je t'assure que ce sont deux bouts d'humains d'à peine dix ou onze ans, deux êtres inséparables qui cillent, se grattent, toussent, pètent, se blessent, pleurent ou tombent malade au même moment, deux entités identiques qui dorment l'un dans les bras de l'autre jusqu'au petit matin, s'assoient de la même manière, les jambes croisées, et, comme si leurs parents souhaitaient jeter encore plus de confusion, ils les habillent avec des vêtements identiques, des culottes à bretelles bleues, des chemises beiges en coton, ils ont des têtes aussi grosses qu'une brique en terre cuite, Papa et Mama Moundjoula rasent leur crâne, c'est te dire qu'ils ne sont pas beaux avec leurs yeux à fleur de tête, ils se mêlent à peine aux autres gamins, courent dans tout le village, aiment jouer près du cimetière, dans un vaste champ de lantanas où ils déplacent les croix des tombes, les intervertissent, jouent à cache-cache, traquent sans répit les papillons, épouvantent les corbeaux, mènent la vie dure aux moineaux à l'aide de leurs redoutables lance-pierres, on ne peut pas les contrôler, ils sont toujours là où on ne les attend pas, donc la première fois que j'avais croisé Koty et Koté mes piquants s'étaient dressés en signe d'alerte, ces jumeaux voulaient me prendre pour leur jouet aussitôt qu'ils m'avaient aperçu m'agiter dans le champ de lantanas, je revenais en fait de ma cache et me reposais sur la tombe de Mama Kibandi, je m'apprêtais à aller errer par la suite derrière l'ancien atelier de mon maître, et peut-être bouquiner un peu sans trop m'éloigner de la case de Kibandi, juste au cas où celui-ci aurait besoin de moi, et les deux gamins m'ont entendu remuer le feuillage, ils se sont retournés, l'un des deux m'a montré du doigt « un porc-épic, un porc-épic, attrapons-le », l'autre gamin a commencé à armer son lance-pierres, et moi, nom d'un porc-épic, j'ai fait demi-tour en catastrophe tandis que leurs projectiles venaient échouer à quelques mètres de moi, je me suis demandé d'où sortaient ces deux chenapans qui se coltinaient des têtes aussi rectangulaires, à un moment donné je me suis dit qu'il s'agissait de petits fantômes à qui les parents, du fond de leur tombe, avaient accordé la permission d'aller jouer dehors et de rentrer avant le coucher du soleil, mais ces deux vauriens ont entrepris de me poursuivre, je les ai entendus écarter les lantanas, pousser des cris de joie, rigoler comme des nains de foire, l'un deux a donné l'ordre à l'autre d'aller du côté droit tandis que lui-même resterait du côté gauche afin de me surprendre quelques centaines de mètres plus loin, or ils ignoraient que je comprenais le langage des humains, j'ai donc déjoué leur plan, je me suis aussitôt mis en boule, j'ai roulé à une vitesse vertigineuse, j'ai atterri sur un lit de fougères mortes, j'ai vu devant moi un entrelacement d'épines, j'ai foncé sans me retourner pour enfin déboucher sur une clairière qui donnait sur la rivière, et alors, sans réfléchir, j'ai plongé dans cette eau pas très profonde à cet endroit, je respirais comme un forcené, j'ai vite gagné l'autre rive, j'ai secoué mes piquants, mais je grelottais plus de peur que de froid, le village était désormais à vue d'œil, je n'entendais plus de bruit derrière moi, j'en suis arrivé à la conclusion que les gamins avaient rebroussé chemin, je n'étais pas certain qu'ils vivaient à Séképembé, mais plusieurs jours après cet épisode, lorsque je les vis traverser la route principale avec leur père, je reconnus leurs têtes rectangulaires, leurs habits identiques le mardi dernier, en début d'après-midi, Koty et Koté avaient encore échappé au contrôle de leurs parents, ils sont passés devant la case de mon maître qui était assis devant la porte et qui dévorait un livre ésotérique, les jumeaux n'avaient pas arrêté d'apparaître ainsi depuis quelque temps, ils se tenaient en face de son domicile, juste à l'endroit où mon maître avait jadis vu cet étrange troupeau de moutons le jour de la mort de Mama Kibandi, et les deux petits semblaient l'épier, imiter la plainte d'un vieux mouton qu'on égorge, et ils ricanaient puis disparaissaient, ce comportement finissait à la longue par agacer mon maître qui était certain que les deux enfants étaient envoyés par leurs parents pour l'importuner, et lorsqu'il tentait de les approcher afin de leur parler, de leur dire qu'ils lui devaient du respect, les gamins prenaient la poudre d'escampette, revenaient le lendemain se poster au même endroit, imiter le vieux mouton, j'ai vu mon maître perdre sa quiétude, se poser mille et une questions, ces enfants voulaient lui signifier quelque chose, ils savaient quelque chose nous concernant, et donc ce mardi après-midi Koty et Koté s'étaient plantés comme d'habitude en face du domicile de mon maître, celui-ci a esquissé un sourire, les garnements ne le lui ont pas rendu, «qu'est-ce que vous me voulez, hein », a fini par dire Kibandi, un des deux petits Moundjoula a répondu « vous êtes un méchant, c'est pour ça que vous n'aimez pas les enfants », et mon maître, désarçonné, a répondu « pauvres garnements, vous manquez d'éducation, pourquoi vous me traitez de méchant, hein, est-ce que vous savez que je peux le dire à votre père », et l'autre gamin a ajouté « vous êtes un méchant parce que vous mangez les enfants, nous savons que vous avez mangé un bébé, il nous l'a dit hier quand on jouait au cimetière, et d'ailleurs il va nous le dire encore ce soir », mon maître a refermé son livre d'un geste de nervosité, il n'a pu contenir sa colère, il s'est levé en poussant des jurons « bandes de vermines, oiseaux de malheur, petits morpions, je vais vous apprendre comment respecter les grandes personnes », il a voulu courir après les jumeaux quand l'un d'eux a lancé « et même que le bébé que vous avez mangé, il nous a dit de vous dire qu'il vous regarde, qu'il viendra vous voir, c'est à cause de vous qu'il ne grandit plus », et les deux marmots ont pris la fuite, Kibandi les a vus disparaître à l'horizon, il s'est dit alors qu'il devait coûte que coûte rencontrer les parents de ces petits êtres mon maître s'était rendu chez la famille Moundjoula vers la fin de l'après-midi de ce mardi, le père sculptait un masque aux traits hideux, la mère préparait un plat de feuilles de manioc aux bananes plantains, le couple a été surpris de le voir arriver car il ne l'avait jamais vu franchir le seuil de cette concession, le père a aussitôt interrompu son travail, il s'est empressé d'indiquer une chaise en lianes au visiteur, la mère l'a salué de loin, on a demandé à Kibandi s'il voulait boire du vin de palme, il a dit non même si c'était du mwengué, la mère lui a apporté de l'eau fraîche dans une calebasse avant de se retirer et de laisser les deux hommes s'entretenir, mon maître regardait vers l'intérieur de la case dans l'espoir d'apercevoir les deux gamins, ils n'étaient pas là, ils devaient encore traîner dans le village, peut-être près du cimetière, dans le champ de lantanas, Kibandi a dévoilé l'objet de sa visite après quelques généralités sur la charpente des Moundjoula qui, d'après mon maître, était mal érigée, puis il est allé droit au but, « vos jumeaux viennent me déranger depuis plus de deux semaines, ils sont encore venus me provoquer en début d'après-midi », Papa Moundjoula a observé un bref silence avant de répondre « je sais, je sais, ce sont deux petites pestes, je vais leur parler, ils sont toujours en train d'aller à gauche et à droite, vous n'êtes pas le seul à vous plaindre, mais vous savez, à leur âge, ils ne mesurent pas les conséquences de leurs actes », et alors mon maître a expliqué comment les deux gamins l'avaient traité de méchant, comment ils ne lui disaient même pas bonjour, comment ils ont dit des choses qu'il préférait taire par respect à l'égard de leurs parents, Papa Moundjoula dévisageait Kibandi, on pouvait lire la commisération dans le regard de ce père de famille, sans doute qu'il se disait que ses gamins s'étaient moqués de la maigreur de mon maître, que cette maigreur leur avait paru si étrange qu'ils n'avaient pas caché ce qu'ils pensaient au fond d'eux-mêmes, et, au même moment, alors que Papa Moundjoula demandait à Kibandi ce que ses enfants avaient réellement dit contre lui, Koty et Koté sont arrivés, les habits couverts de poussière, ils n'ont jeté qu'un regard expéditif vers leur père et son visiteur, ils se sont plutôt rués vers leur mère pour crier qu'ils avaient faim, la marmite était encore sur le feu, et la maman a dit « ça vous apprendra à courir dans le village toute la journée, la nourriture n'est pas prête », Papa Moundjoula les a appelés d'un air autoritaire « Koty, Koté, venez présenter vos excuses à Tonton Kibandi, tout de suite, il n'est pas méchant, je n'aime pas qu'on manque de respect aux grandes personnes », bon gré mal gré, les deux gamins sont venus, et le père a dit au premier « donne-lui la main, c'est ton oncle, toutes les grandes personnes de ce village sont tes oncles, tu dois respecter Tonton Kibandi comme tu me respectes, il a le droit de te donner la fessée si tu lui manques de respect la prochaine fois », Kibandi a tendu sa main sèche et squelettique que Koty, ou peut-être Koté, a observé avec méfiance et répulsion avant de tendre enfin la sienne, le gamin a regardé Kibandi droit dans les yeux, il y a eu comme un silence, l'enfant avait le regard dur, et, soudain, son visage s'est métamorphosé, devenant plus lisse, plus jeune, la grosse tête dégarnie s'est couverte de doux cheveux, elle est devenue plus ronde, mon maître a ressenti comme une décharge électrique traverser son corps, il voyait la tête du nourrisson Youla à la place de celle du jumeau qui lui serrait la main, « ne regarde pas les grandes personnes de cette façon », a dit Papa Moundjoula, et, en serrant ensuite la main de l'autre jumeau, mon maître a eu la même vision, toujours cette tête de nourrisson que nous avions mangé, il a vite baissé les yeux, Papa Moundjoula n'avait rien vu de cette scène, les gamins ont présenté leurs excuses à mon maître, non sans murmurer avec une pointe d'ironie « à très bientôt Tonton Kibandi, on passera vous voir vendredi », et, toujours avec la même pointe d'ironie, ils ont dit en chœur « passez une bonne soirée, Tonton Kibandi », c'est alors que Papa Moundjoula a soufflé, satisfait et fier de la conduite de ses jumeaux, « vous verrez, ce sont des gamins extraordinaires, ils sont si attachants que dès que le courant passera entre vous, ils viendront jouer tous les jours dans votre cour », mais Kibandi était loin dans ses pensées, la tête du nourrisson Youla était restée figée dans son esprit, il n'osait plus regarder les jumeaux, il savait qu'il devait maintenant s'occuper de ces deux êtres qui, en apparence, étaient les seuls à savoir tout de nos activités nocturnes, et c'est ainsi qu'il a décliné le dîner que lui proposait la famille Moundjoula, il a prétexté un travail urgent qu'il devait accomplir avant la tombée de la nuit et a pris congé sans se retourner, il parlait seul en marchant, il faillit tomber en butant contre une pierre, il se mit à boire du *mayamvumbi* la nuit entière, je l'entendis ricaner de façon inhabituelle et prononcer à maintes reprises le nom de ce nourrisson que nous avions mangé, ce rire n'était qu'une façade, je découvris pour la première fois que mon maître pouvait aussi être apeuré jusqu'au point de perdre son calme après ce mardi où mon maître était allé se plaindre auprès de Papa Moundjoula, sa vie était désormais ponctuée de petits malheurs, et déjà le soir même, vers le coup de minuit, il entendit un nourrisson pleurer derrière son atelier, il entendit aussi des ricanements de gamins, des courses effrénées, des plongeons dans la rivière, il entendit le bruit des bêtes volantes qui venaient échouer sur son toit, il ne put fermer l'œil, demeura aux aguets jusqu'à l'aube, ce n'est que le lendemain matin qu'il décida que la comédie n'avait que trop duré, et pour la première fois, à ma grande surprise, il m'appela en pleine journée, je compris qu'il avait perdu la tête, jamais un initié n'aurait appelé son double nuisible en plein jour pour lui détailler une mission, mais je ne pouvais pas lui désobéir, j'ai donc quitté mon lieu de retraite, je n'éprouvais plus la même ardeur qui gouvernait mes pattes à l'époque où les choses se déroulaient comme nous les avions prévues, maintenant il s'agissait d'une urgence, jusqu'alors nous nous étions attaqués aux personnes vivantes, nous ne nous étions pas confrontés aux ombres de la nuit, jamais un être que nous avions mangé n'était revenu nous demander des comptes, et quand je suis arrivé devant la demeure de Kibandi j'ai poussé la porte d'une patte, je suis resté planté à l'entrée, la surprise était grande, j'ai vu un homme désemparé, un homme qui avait passé la nuit entière à boire du *mayamvumbi*, les traits tirés comme s'il n'avait pas dormi depuis deux ou trois lunes, je lisais la crainte qui figeait son regard, il m'a dit d'entrer, m'a regardé, a murmuré des paroles inintelligibles, moi je me disais alors que nous allions quitter le village de Séképembé, que nous allions suivre le destin de sa famille, entreprendre le perpétuel exode, trouver un autre territoire, or il m'a plutôt parlé des jumeaux, c'était pour lui une obsession, il a dit que ces deux gamins étaient plus puissants qu'il ne l'imaginait, que nous devions nous en occuper au plus tard vendredi, il m'a répété que je devais rester près de lui, qu'il ne voulait surtout pas que je regagne la forêt avant cette mission à laquelle il tenait plus que les quatre-vingt-dix-neuf précédentes, et alors j'ai passé la journée dans un coin sombre de sa case pendant qu'il demeurait inerte sur sa natte, les jumeaux ne sont pas revenus perturber mon maître en ma présence cette nuit-là, ce n'était en fait qu'une fausse accalmie puisque le vendredi, vers le coup de dix heures du soir, alors que nous étions prêts pour nous rendre dans les parages de la concession des Moundjoula, mon maître et moi avons été alarmés par le bruit des oiseaux de nuit qui s'agitaient sur le toit de la case, un vent violent a démantibulé la porte de l'habitation, l'ancien atelier de mon maître a volé en éclats, nous avons été éblouis par une clarté, comme si le jour se levait au milieu de la nuit, et dans la cour nous avons vu le nourrisson Youla que nous avions pourtant mangé, il semblait en pleine forme, il nous montrait du doigt, il était accompagné de ses deux espèces de gardes du corps, les jumeaux Koty et Koté, ceux-ci avaient capturé l'autre lui-même de mon maître, et c'était pénible d'assister à cette scène, c'était comme si l'autre lui-même de Kibandi n'avait même plus le pouvoir qu'on attribue aux épouvantails plantés dans les champs de maïs, il était passif, ressemblait à un pantin, à un polichinelle, à une marionnette bourrée de coton, de chiffons, d'éponges, et les deux chenapans le ballottaient au gré de leurs caprices, ils le roulaient dans la poussière, essayaient de le mettre sur pied, les jambes de l'autre lui-même de mon maître cédaient, la tête retombait sur la poitrine tandis que les bras lui arrivaient jusqu'aux genoux, les gamins ricanaient, Kibandi m'a aboyé aussitôt un ordre, « lance, lance donc tous tes piquants, lance-les, merde alors », hélas mes piquants ne bougeaient plus, j'étais tétanisé par cette vision, et alors les jumeaux ont laissé par terre l'autre lui-même de mon maître, ils se sont rapprochés de nous, ils sont parvenus à la hauteur du nourrisson Youla, je les ai trouvés transformés, métamorphosés comme s'ils n'étaient plus les mêmes bouts d'hommes qui m'avaient traqué au cimetière, Kibandi a reculé, nous nous sommes vite retranchés dans la case, nous les entendions arriver comme un troupeau de mille bœufs, leurs pas remuaient la terre, secouaient les façades de la case, ils sont entrés, je m'étais recroquevillé dans une encoignure, Kibandi avait couru dans sa chambre, je l'ai vu surgir avec une sagaie à la main, les jumeaux et le nourrisson se sont tordus de rire en désignant son arme, mon maître a pris position, il a tenté de projeter la sagaie, ses mains étaient lourdes, elles étaient si lourdes que l'arme est tombée à ses pieds, alors un des jumeaux a bondi sur lui, il l'a attrapé par le pied gauche, l'autre jumeau a saisi le pied droit, ils ont tiré chacun de leur côté tandis que le nourrisson Youla ricanait devant l'entrée, et j'ai vu Kibandi s'écrouler par terre comme un vieil arbre abattu d'un seul coup, je ne sais pas ce que ces petites furies lui ont fait par la suite puisque j'avais fermé les yeux sous l'emprise de la peur, j'ai entendu comme une décharge, un coup de feu, et pourtant il n'y avait pas d'arme à feu dans la case, et pourtant les jumeaux n'en avaient pas entre leurs mains, je tremblotais comme un bleu, la clarté aveuglante qui était apparue avec l'arrivée de ces êtres a disparu comme par enchantement, la nuit nous est tombée dessus par un geste de la main droite levée au ciel par le nourrisson Youla, et, d'un autre geste de la main gauche, il a fait réapparaître cette clarté aveuglante comme s'il pouvait désormais gouverner les phénomènes de la nature, je voyais de ma cache ses petites jambes embourbées, et, comme il posait maintenant son regard de braise dans ma direction, j'ai compris qu'il venait de me dénicher, qu'il n'allait pas m'épargner, il me fusillait de plus en plus du regard, l'air de dire que j'étais fini comme mon maître qui gisait près de la porte, alors j'ai commencé à m'agiter de plus en plus, et puis, par surprise, le nourrisson a détourné son regard, je me suis dit qu'il ne souhaitait pas s'attaquer lui-même à moi, qu'il allait donner l'ordre aux jumeaux de me réserver le même châtiment qu'à mon maître, eh bien, non, tout au plus, quand il a regardé de nouveau vers moi, il m'a fait signe de la tête, il me demandait de m'enfuir, je n'y croyais pas, je ne me suis pas fait prier deux fois, j'ai détalé en douce, je suis passé par la chambre de mon maître alors que je l'entendais pousser un long hoquet, l'ultime soupir, c'était sa dernière minute sur cette terre, et moi je courais toujours dans la nuit comme un fugitif

il se fait tard mon cher Baobab, la lune vient de disparaître, je sens mes paupières qui s'alourdissent, mes membres qui ne tiennent plus, la vue qui se brouille, je ne sais pas si ce sont les bras de la mort qui se tendent vers moi, je ne peux plus résister longtemps, je ne peux plus tenir, je flanche, j'ai sommeil, oui, j'ai sommeil

comment je ne suis pas encore
un porc-épic fini

le jour vient de se lever, je suis surpris de constater la vie tout autour, les oiseaux qui reviennent se poser sur les branches des arbres, la rivière qui coule avec plus de turbulence, une agitation qui me rassure d'ailleurs, donc c'est encore une petite victoire, je dois la prendre telle quelle, je n'ai presque pas vu le temps passer depuis hier, je me suis contenté de te parler jusqu'à ce que mes paupières se soient alourdies, tu ne m'auras finalement pas interrompu un seul instant, je ne sais toutefois pas ce que tu penses de cette histoire, bon, quoi qu'il en soit, je me sens plus que soulagé parce que j'ai pu me livrer, il y a peut-être des choses que je ne t'ai pas dites ici, par exemple mon petit nom, le petit nom que m'avait attribué mon maître, il m'appelait Ngoumba, et dans la langue d'ici cela veut dire porc-épic, Kibandi aussi se faisait peut-être à l'idée que je n'étais qu'un porc-épic, un porc-épic ordinaire, c'est évident, il était un humain, et comme je n'aimais pas ce petit nom aux sonorités désagréables, je faisais semblant de ne pas avoir entendu lorsqu'il m'appelait ainsi, mais il insistait, tu comprends maintenant pourquoi dès le départ je n'ai pas voulu que tu saches ce nom

tout à l'heure, en m'étirant, j'ai découvert des provisions derrière ton pied, cela me paraît quand même étrange, je me demande s'il n'y a pas un autre occupant ici, pourtant je n'ai vu passer aucun animal depuis hier, et, en toute logique, ces provisions m'appartiennent désormais, je n'ose pas croire qu'elles aient été déposées ici par l'autre lui-même de mon maître, je l'aurais entendu arriver comme à l'époque où il se manifestait, lui aussi a disparu le jour où ces petits monstres, ces gamins le ballottaient comme une marionnette

je ne regrette qu'une chose, c'est de ne pas entendre ta voix à toi, mon cher Baobab, et si tu pouvais parler comme moi, je me sentirais bien moins seul, mais ce qui compte à ce stade c'est ta présence, elle me rend moins angoissé, et si je vois d'ici venir le danger, crois-moi, je n'aurai qu'à me faufiler dans un de tes creux, tu ne pourras jamais me livrer entre les mains de la mort, n'est-ce pas, je m'excuse d'avance de faire mes besoins ici, j'ai encore peur de m'éloigner, de commettre une bêtise, de regretter ta protection, j'ignore combien de temps durera cet état d'alerte, je sais que tu n'apprécies pas que je défèque à ton pied, or les hommes disent que ce sont les excréments qui font pousser les végétaux, donc, en quelque sorte, je contribue aussi à ta longévité, c'est tout ce que je peux t'offrir en échange de ton hospitalité

en fait, j'ai beau me forcer, je n'ai pas d'appétit, pourtant il faut que je mange, toutes ces noix de palme n'ont plus le goût d'autrefois, je les brasse encore, je les scrute, je les renifle, j'essaye d'en fourrer quelques-unes dans ma gueule, elles sont amères, je n'ai pas la force de mâcher, je sais que cela ne relève que de la panique et de l'appréhension qui m'ont marqué ces derniers temps, je dois maintenant me relaxer, me détendre, on ne mange pas lorsque le cœur bat très vite, j'ai l'impression que je voudrais manger juste pour me rassurer, et peut-être pour ne pas mourir de faim, et depuis le vendredi dernier je crois que j'ai perdu du poids, j'ai la langue pâteuse, la queue basse, les yeux rouges, les quatre membres alanguis, et lorsque je tousse, parce que je tousse vraiment beaucoup ces dernières heures, j'ai l'impression de vomir mes poumons, je peux tenir encore longtemps sans manger, je m'en fous puisque je ne ressens aucun creux dans le ventre, et s'il faut mourir, que cette mort vienne au moins par la faim en ce lundi ensoleillé, j'ai envie de prendre des résolutions à long terme, de voir l'avenir avec optimisme, de me moquer du lendemain, j'entends une voix intérieure qui me souffle que je ne vais pas mourir aujourd'hui, encore moins demain, pas plus qu'après-demain, il doit y avoir une explication à cela, ce n'est pas à moi d'aller la chercher, celui qui a créé l'univers a sans doute compris que je n'ai été que la victime des mœurs des gens de ce pays, ma survie serait alors un pied de nez à ceux qui voudraient à l'avenir transmettre un double nuisible à leurs gamins, combien de temps devrais-je maintenant vivre, hein, je n'en sais rien, mon cher Baobab, *« à chaque jour suffit sa peine »*, aurait dit notre vieux gouverneur qui, mine de rien, aura influencé ma conduite, au fond je l'admire, il y a des fois où je me dis que ce vieux boudeur me manque, j'aurais aimé encore l'écouter nous parler, nous donner une de ses leçons les plus brillantes comme ce jour où il nous parlait de *la matière*, de ses trois états les plus courants et de leur changement, il parlait alors de l'*état liquide*, de l'*état gazeux*, de l'*état solide*, il remarquait bien que nous restions dubitatifs et voulions des exemples concrets, et il nous détailla à sa manière la *fusion*, la *sublimation*, la *solidification*, la *liquéfaction* ou la *vaporisation*, pauvre vieillard, c'était un porc-épic digne de ce nom, il doit être mort depuis des années, de même que les compères de ma génération, c'est certain

je n'ai pas demandé à survivre, comme d'ailleurs je ne demanderai pas à mourir, je me contente de respirer, de voir ce que je pourrais faire d'utile dans le futur, j'ai pour cela deux pistes que j'aimerais suivre, d'abord je voudrais mener une bataille sans merci contre les doubles nuisibles de cette contrée, je sais que c'est un grand combat, mais je voudrais les traquer les uns après les autres, une manière de me racheter, d'effacer ma part de responsabilité quant aux malheurs qui ont endeuillé ce village et beaucoup d'autres, la deuxième piste à laquelle je songe est simple, mon cher Baobab, je voudrais retourner vivre dans notre ancien territoire parce que la fréquentation des hommes a créé en moi le sentiment de la nostalgie, un sentiment que je qualifierais de *mal du territoire*, eux parleraient de mal du pays, je tiens désormais à mes souvenirs comme l'éléphant tient à ses défenses, ce sont ces images lointaines, ces ombres disparues, ces bruits éloignés qui m'empêchent de commettre l'irréparable, oui, l'irréparable, j'y pense aussi, me donner la mort, mais c'est la pire des lâchetés, de même que les êtres humains estiment que leur existence vient d'un être suprême, j'ai fini par le croire à mon tour depuis le vendredi dernier, et si j'existe encore, nom d'un porc-épic, c'est parce qu'une volonté au-dessus de moi l'a décidé, or s'il en a été décidé ainsi, c'est que je dois forcément avoir une dernière mission à remplir ici-bas j'ai d'autres projets qui me passent par la tête, mon cher Baobab, je voudrais par exemple rencontrer une bonne femelle, non pas seulement pour un simple acte de copulation dans le but de procréer comme les autres animaux, mais pour le plaisir d'abord, le plaisir de ma partenaire et le mien, puis, bien sûr, pour faire des petits avec elle si nous nous trouvons des affinités, et alors, devenu père, je raconterai à ma descendance la vie et les mœurs des hommes, je préviendrai cette descendance contre tout destin qui ressemblerait au mien, et, mon cher Baobab, tu dois me trouver déraisonnable, ambitieux, surtout irréaliste quand tu penses que j'ai quarante-deux ans à ce jour, et puis, nom d'un porc-épic, l'âge ne me fait pas peur, j'ai lu dans le gros livre de Dieu que jadis les humains vivaient durant des siècles et des siècles entiers, leur patriarche qu'on appelait Mathusalem a même vécu 969 ans, c'est te dire que je ne suis pas encore un porc-épic fini, je voudrais être le Mathusalem de l'espèce animale, j'ai encore de l'endurance, de l'agilité, le tout c'est que je puisse consacrer le temps qui me reste à faire du bien, rien que du bien, à me transformer peut-être en double pacifique

oui j'ai encore de l'endurance, et je suis certain que mes pouvoirs sont intacts, ah, je vois que tu remues tes branches en signe d'incrédulité, tu ne crois pas qu'il me reste un quelconque pouvoir, hein, tu veux à tout prix en avoir la preuve ici et maintenant, eh bien allons-y, laisse-moi me remettre sur mes pattes, laisse-moi me recroqueviller, laisse-moi me concentrer, et paf, et paf, et paf encore, nom d'un porc-épic, as-tu vu comment je viens de projeter trois de mes piquants, hein, en plus ils sont allés mourir à plusieurs centaines de mètres d'ici, plus loin encore que lorsque j'étais au service de mon maître, quelle preuve de plus voudrais-tu pour comprendre qu'on n'a pas fini d'entendre parler de moi, hein

Annexe

Lettre de L'Escargot entêté sur l'origine du manuscrit *Mémoires de porc-épic*

Monsieur L'Escargot entêté
Exécuteur testamentaire littéraire de Verre Cassé
Patron du bar Le Crédit a voyagé

Aux Éditions du Seuil
27, rue Jacob
75006 Paris – France

Objet : Envoi du manuscrit Mémoires de porc-épic, *texte posthume de mon ami Verre Cassé*

Madame, Monsieur,

Je vous écris en ma qualité d'exécuteur testamentaire littéraire de mon ami de toujours, le défunt Verre Cassé. Je souhaite que cette lettre soit publiée à la fin de son livre Mémoires de porc-épic *afin d'apporter un peu plus de précisions aux lecteurs quant à l'origine de ce texte.*

Il est vrai que l'année dernière, juste après sa mort, je vous avais fait parvenir par courrier recommandé ce que je prenais alors pour son seul et unique manuscrit, puisque c'est moi qui le lui avais commandé en vue d'immortaliser mon bar Le Crédit a voyagé. *Ce premier texte, vous l'aviez publié quelques mois après sous le titre* Verre Cassé *même si j'avais souhaité formellement que le roman s'intitule* Le Crédit a voyagé. *Vous aviez estimé – semble-t-il dans l'intérêt du livre – ne pas devoir en tenir compte…*

Quoi qu'il en soit, je ne vous écris pas pour alimenter une polémique à ce sujet. J'ai au contraire l'immense plaisir de vous adresser cet autre manuscrit qu'un de mes employés, le serveur Mompéro, a retrouvé dans un bosquet, près de la rivière Tchinouka où fut repêché le corps du regretté Verre Cassé. Le document original – un vieux classeur d'écolier avec des feuilles volantes – était dans un état si lamentable qu'il nous a fallu beaucoup de précaution pour rassembler les pages, les ordonner avant de les numéroter. Pour cela, lorsqu'il n'y avait pas trop de clients dans le bar, nous nous mettions à trois, mes serveurs et moi, autour de la table qu'occupait d'ordinaire le défunt Verre Cassé. Nous décryptions alors les passages estompés par la poussière, la pluie et la rosée. Nous confrontions à chaque fois nos points de vue afin de ne pas céder à la tentation d'imputer au défunt ce qu'il n'avait pas écrit. Nos échanges, je vous l'avoue, étaient plus que virulents, enflammés, et cela horripilait certains de mes clients. Quelques-uns d'entre eux, dont Le type aux Pampers *et* Robinette, *nient toujours certaines scènes qu'on leur a attribuées dans le roman* Verre Cassé. *Du coup, ils vécurent très mal l'annonce de la découverte d'un deuxième cahier, croyant à tort que* Mémoires de porc-épic *n'était que la suite de* Verre Cassé *! En fait ils craignaient d'être une fois de plus croqués par celui qu'ils continuent à qualifier de traître de la dernière espèce qui leur aura volé leurs tranches de vie avant d'aller rejoindre sa mère dans les eaux grises de la Tchinouka…*

Mais revenons à ce nouveau manuscrit !

Une fois le dur travail de reconstitution achevé, j'ai personnellement confié la dactylographie de Mémoires de porc-épic *à une étudiante du lycée technique Kengué-Pauline. Elle me factura, tenez-vous bien, 2000 francs CFA la page, c'est-à-dire le prix d'une bonne bouteille de vin rouge dans mon bar ! Pour justifier ce tarif élevé du feuillet dactylographié, elle soutenait que l'écriture du défunt Verre Cassé était indéchiffrable, et la pauvre fille devait parfois relire deux ou trois fois la même ligne, tout cela à cause de cette obstination de l'auteur à employer la virgule comme seul signe de ponctuation.*

Ce sont donc ces mésaventures qui m'ont empêché, Chère Madame, Cher Monsieur, de vous adresser ce manuscrit plus tôt, et je suis enfin soulagé de vous le soumettre accompagné du document original afin que vous puissiez, le cas échéant, vérifier certaines de nos reconstitutions, surtout dans les deux dernières parties intitulées respectivement « comment le vendredi dernier est devenu un vendredi de malheur » et « comment je ne suis pas encore un porc-épic fini ». Ces parties étaient les plus abîmées du document…

Dans ce texte Verre Cassé s'efface et n'est plus un narrateur omniprésent, encore moins un personnage de l'histoire. Au fond, il était persuadé que les livres qui nous suivent longtemps sont ceux qui réinventent le monde, revisitent notre enfance, interrogent l'Origine, scrutent nos obsessions et secouent nos croyances. De ce fait, en nous offrant cette ultime chronique qu'il a intitulée Mémoires de porc-épic *– et j'espère de tout cœur que vous ne changerez pas cette fois-ci le titre de ce livre –, Verre Cassé dressait donc de façon allégorique ses dernières volontés. Pour lui, le monde n'est qu'une version approximative d'une fable que nous ne saisirons jamais tant que nous continuerons à ne considérer que la représentation matérielle des choses.*

Je ne peux me retenir de vous confier que je me suis laissé emporter par le destin de cet étrange porc-épic à la fois attachant, bavard, agité, très au fait de la nature humaine et usant de la digression comme arme jusqu'au bout afin de nous peindre, nous les humains, et parfois nous blâmer sans répit. Et depuis, je ne regarde plus les animaux avec les mêmes yeux. D'ailleurs, qui de l'Homme ou de l'animal est vraiment une bête ? Vaste question !

Me réjouissant de notre nouvelle collaboration, je vous prie de croire, Madame, Monsieur, à l'assurance de mes sentiments les plus cordiaux.

L'Escargot entêté
Exécuteur testamentaire littéraire de Verre Cassé
Patron du bar Le Crédit a voyagé

DU MÊME AUTEUR

Au jour le jour
poésie
Maison rhodanienne de poésie, 1993

La Légende de l'errance
poésie
L'Harmattan, 1995

L'Usure des lendemains
poésie
prix Jean-Christophe de la Société des poètes français
Nouvelles du Sud, 1995

Les arbres aussi versent des larmes
poésie
L'Harmattan, 1997

Bleu Blanc Rouge
roman
Grand Prix littéraire de l'Afrique noire
Présence africaine, 1998

Quand le coq annoncera l'aube d'un autre jour...
poésie
L'Harmattan, 1999

L'Enterrement de ma mère
récit
Éditions Kaléidoscope (Danemark), 2000

Et Dieu seul sait comment je dors
roman
Présence africaine, 2001

Les Petits-Fils nègres de Vercingétorix
roman
Le Serpent à Plumes, 2002
et « Points », n° P1515

Contre-offensive
(ouvrage collectif de pamphlets)
Pauvert, 2002

Nouvelles Voix d'Afrique
(ouvrage collectif de nouvelles)
Éditions Hoebeke, 2002

African psycho
roman
Le Serpent à Plumes, 2003
et « Points », n° P1419

Nouvelles d'Afrique
(ouvrage collectif de nouvelles
accompagnées de photographies)
Gallimard, 2003

Tant que les arbres s'enracineront dans la terre
poésie
Mémoire d'encrier (Canada), 2004
et « Points Poésie », n° P1795

Verre Cassé
roman
prix Ouest France-Étonnants voyageurs 2005
prix des Cinq Continents 2005
prix RFO 2005
Seuil, 2005
et « Points », n° P1418

Vu de la lune
(ouvrage collectif de nouvelles)
Gallimard, 2005

Lettre à Jimmy
récit
Fayard, 2007
et « Points », n° P2072

Black Bazar
roman
Seuil, 2009
et « Points », n° P2317

L'Europe depuis l'Afrique
(avec Christophe Merlin)
Naïve, 2009

Anthologie
Six poètes d'Afrique francophone
(direction d'ouvrage)
« Points Poésie », n° P2320, 2010

Ma sœur étoile
(illustrations de Judith Gueyfier)
Seuil Jeunesse, 2010

Demain j'aurai vingt ans
roman
prix Georges-Brassens
Gallimard, 2010
et « Folio », n° 5378

Écrivain et oiseau migrateur
André Versaille éditeur, 2011

Le Sanglot de l'homme noir
essai
Fayard, 2012
et « Points », n° P2953

Tais-toi et meurs
roman
La Branche, 2012
et « Pocket », n° 15300

Lumières de Pointe-Noire
récit
Seuil, 2013
et « Points », n° P3203

Petit Piment
roman
Seuil, 2015

ÉGALEMENT CHEZ POINTS

Verre Cassé

Alain Mabanckou

Verre Cassé est un client assidu du Crédit a voyagé, un bar congolais crasseux. Un jour, le patron lui propose d'écrire les histoires héroï-comiques des habitués, une troupe d'éclopés aux destins pittoresques... Dans cette farce métaphysique où le sublime se mêle au grotesque, Alain Mabanckou nous offre le portrait truculent d'une Afrique drôle et inattendue.

«Verre Cassé *est une œuvre truculente, exubérante, bavarde, tonitruante, d'un comique sans retenue.*»

Bernard Pivot,
Le Journal du dimanche

ÉGALEMENT CHEZ POINTS

Black Bazar

Alain Mabanckou

Parce que le derrière des femmes n'a pas de secrets pour lui, ses copains le surnomment le « fessologue ». Au Jip's, le bar où il a ses habitudes, plus rien n'amuse ce dandy congolais, déprimé par un chagrin d'amour. Un jour, déambulant dans Paris, sa curiosité est attisée par une librairie bondée. Il y croisera Jean-Philippe, un écrivain haïtien venu signer ses livres, et qui va bouleverser sa vie...

« On s'amuse évidemment de ces conversations de comptoir, on se réjouit de l'énergie et de la verve qui les portent, on se régale de cette langue populaire que Mabanckou pétrit, électrise, colore sans souci du politiquement correct. »

Télérama

ÉGALEMENT CHEZ POINTS

Lumières de Pointe-Noire

Alain Mabanckou

Après vingt-trois ans d'absence, je suis retourné à Pointe-Noire, ville portuaire du Congo où j'ai grandi. Entre-temps, ma mère est morte et, moi, le fils unique, je ne suis pas allé aux obsèques. Pendant un mois, j'ai arpenté la ville en étranger : la cabane de maman Pauline, le lycée Karl-Marx, le cinéma Rex... Jour après jour, entre surnaturel et enchantement, j'ai ressuscité les lumières de mon enfance.

« Un récit magnifique qui lutte à lui tout seul contre les stéréotypes et les clichés. »

L'Express

RÉALISATION : PAO ÉDITIONS DU SEUIL
IMPRESSION : CPI FRANCE
DÉPÔT LÉGAL : MAI 2016. N° 131985 (3016845)
IMPRIMÉ EN FRANCE